今天如何读经典

刘 勇 李春雨◎主编

生之韧性

今天如何读余华

万书言 著

中国人民大学出版社
· 北京 ·

引 言

精神先锋的探寻者

导读

作为“先锋文学”的代表作家之一，余华的小说笔调冷峻，对暴力与死亡的主题有着深刻的思考，在先锋派作家中独树一帜。他追求的先锋不仅仅是形式的先锋，更是精神的先锋。他是先锋精神的探寻者。其小说不仅极具世界性，更具有跨时代意义。

在中国当代文坛上，余华不仅在“先锋文学”史上占有重要的地位，也是少数几位在国内外文学界都具有广泛影响的作家之一，备受中西方学者青睐。他的作品不但多次被选入国内的中学课本中，而且被翻译成英文、法文、日文、意大利文、西班牙文等多个语种在国外出版，成为外国读者了解中国社会的一个窗口。其作品《活着》曾分别在1998年和2002年获得意大利“格林扎纳·卡佛文学奖”和第三届世界华文“冰心文学奖”。2004年3月，他又凭借《在细雨中呼喊》这部小说荣获了法兰西文学和艺术骑士勋章。他多次荣获国内外文学奖项，享有很高的国际声誉。

对于“先锋文学”，人们一直以来有一个误解，认为“先锋文学”最主要的特色是对文学文本形式的创新与改造。但在余华看来，“先锋”的意义并不只是形式的创新，更多的是一种精神的超前性，是对未来人们的精神走向的一种探寻，要使人们在任何时候都能看到阅读这部作品的价值。对于精神的先锋，余华曾在一次访谈中谈道：“先锋是一种精神的活动，它不是一种形式的追求，因为先锋在每个时代都会出现。”“先锋不是时髦，有时候可能会出现一些很时髦的作家，但时髦是可以摹仿的，而先锋是不可以摹仿的，也是摹仿不到的。”①不仅如此，在对先锋作家的判定上，余华认为：“对先锋作家的评定，我觉得还应该有个要求，他的作品不仅是在那个时代给人带来某种新奇的力量，同时对整个以后的时代，他还要有一种持久的力量。这才是一个真正的先锋作家。”②

作为“先锋文学”的代表作家之一，余华的小说笔调冷峻，对暴力与死亡等主题有着深刻的思考，这也是余华作品有

---

① 余华，洪治纲．火焰的秘密心脏 // 洪治纲．余华研究资料．天津：天津人民出版社，2007：29，30.

② 同① 30.

别于马原、洪峰、残雪等其他先锋作家的作品之处。例如，在《现实一种》中，通过对山峰、山岗等亲人之间互相残杀的描写与叙述，余华不仅向读者展现了人性恶以及人与人之间残酷的一面，更让人们认清人原始的利己本性。《在细雨中呼喊》对主人公孙光林的成长经历的剖析，使人们不但能感受到暴力的多面性，更能感受到人性的压抑以及人精神上的孤独，所以这部小说可以看作是儿童的精神成长史。而在《我没有自己的名字》中，余华则通过处在社会最底层的弱者“我”在镇上被欺压、受欺负的事情，让人们看到人的兽性以及人性的泯灭。还有《古典爱情》《河边的错误》《一九八六年》等小说也是如此，这些作品不仅深化了对人的认识和对复杂内心世界的描写，更体现了余华对于死亡、暴力与人性之间关系的深刻思考。它们不但让我们明白了死亡是世界的另一种真实，而且让我们看到了隐藏在背后的人的情绪和人性的复杂。余华对于人类主观精神世界的挖掘不是一种形式上的先锋，更像是一种精神上的独创与先锋。正是对暴力与死亡的思考、精神上的探索，使余华能够在先锋派作家中独树一帜，这也是我们今天阅读余华及其作品的意义所在。

余华小说中的死亡、暴力事件不是个案，而是中国人乃至整个人类的共同经验。余华正是想通过一个个死亡事件来展现整个人类的生存困境，从而探讨人类生存的意义。例如小说《活着》，主人公福贵一生都在与命运做抗争，他不断地经历着人生的艰难与命运的无常，却没有被命运击倒，反而以更加平静、乐观的态度来面对暴力与死亡。一个个身边人死亡的现实也使福贵开始明白活着的真正意义："人是为活着本身而活着，而不是为了活着之外的任何事物所活着。"[①]其实，福贵的苦难不仅集中体现了20世纪中国社会的苦难、普通人的苦难，更反映了整个人类的生存苦难。福贵的乐观也正是普通百姓面对苦难的勇气的写照。《许三观卖血记》也是如此，该小说主要叙述了主人公许三观多次卖血的经历。为了一次又一次的生活所需，许三观不得不一次又一次地卖血。面对生活中的各种艰辛与苦难，许三观表现出令人难以置信的顽强。小说的最后，许三观发现没有人会再要他的血，他崩溃地哭了，因为他不知道下次家里再有灾难他该怎么办。小说发表之后，得到了国内外的高度评价。2003年11月出版的美国《时代》曾赞扬《许三观卖血记》，认为该小说"包含了20世纪中国社会的集体悲剧，帮助这位中国顶级作家获得了应有的国际声誉"[②]。比利时《南方挑战》杂志更是评价此书为"一个寓言，是以地区性

① 余华．活着．上海：上海文艺出版社，2004：自序4.

② 李春雨．余华与先锋小说//中国文化：文学．北京：五洲传播出版社，2014：173.

个人经验反映人类普遍生存意义的寓言”[1]。

2021年，余华的新作《文城》出版，小说延续了对荒诞和苦难的执着表现，描述了各种各样的苦——亲人的离开、情感的欺骗、乱世的漂泊，但最大的苦莫过于虚无和徒劳。主人公林祥福终其一生都在寻找妻子纪小美随口编造的虚构之地“文城”，没有人明白他为什么找一个完全不存在的地方。“文城”更像是一则生命的寓言，它预示着人们永远抵达不了的理想不过是一种海市蜃楼。即便生活充满苦难，犹如一场虚幻，小说中依然存在善与真情，这是余华对苦难的回答，也是当下我们面对生活的态度。

曾有人这样概括余华的创作：“余华是纯粹的小说家。没有人比他更善于帮助我们在自己身上把握生命的历史，从童年（《在细雨中呼喊》)到壮年（《许三观卖血记》)，然后到老年(《活着》)的过程。所以他的书一旦问世，就成为人类共有的经验。”[2]的确，余华的作品不仅具有超地域性与世界性，更具有跨时代的眼光。今天，国家富强了，人民幸福了，但我们就不应该再有焦虑了吗？阅读余华的作品能够增强人们的忧患意识，

① 吴勇毅．告别“虚伪的形式”：《许三观卖血记》之于余华的意义．文艺争鸣，2000（1）．

② 杜瑾焕，刘炳辰．先锋小说：叙事与表达的实验和尝试//超越与拓展：新时期、后新时期小说解读．北京：中国戏剧出版社，2008：178.

甚至是苦难意识，能够不断地提醒人们记得历史上有过的惨痛遭遇，能够使人们深切感受人生的悲哀与生存的价值。小说中展现的人类生存困境不仅能够使当代人对生活进行反思，同时也能够为以后的人们提供力量。这既是作品的深刻之处，也是我们今天阅读余华及其作品的意义所在。

【我来品说】

1. 你阅读过余华的哪些作品？你对余华的哪部作品印象最深？

2. 为什么说余华是精神先锋的探寻者？你认为今天为什么要读余华？能否从上述材料中总结出余华作品的特点及阅读意义？

目 录

第一章

『我的灵感在海盐』

导读

余华，出生于浙江省杭州市。3岁随全家迁至海盐县，直到30岁调入嘉兴市文联工作，其大部分时间都生活在海盐。对于余华来说，只要写作，就是回家，回到海盐。余华自己也多次提到：“我的灵感在海盐。”那么，余华在海盐的生活是怎样的呢？海盐的生活经历对余华的创作有何影响呢？本章将带你一起探寻。

1960年4月3日的中午，浙江省立杭州医院（现为浙江省中医院）产房内传来一声婴儿的啼哭，一个男孩呱呱坠地。原来是华自治、余佩文夫妇的次子诞生了。因处于“三年困难时期”，这个孩子的出生为这个家庭带来了无比的快乐与喜悦，但同时也增添了家庭的经济负担。这个孩子就是余华，名字分别取自母亲和父亲的姓氏，中国当代作家，先锋派代表人物。

举家搬迁至海盐

其实，余华一家最早并不住在海盐，而是住在杭州。1961年，余华出生后的第二年，父亲华自治于浙江医科大学专科毕业，出于对医学的热爱以及对某种革命理想的强烈追求，他毅然决然地放弃了重返浙江省防疫大队工作的机会，决定当一名外科医生。华自治原本想在嘉兴当医生，但是嘉兴的卫生学校只让他当教务主任，所以他就来到了嘉兴的小县城海盐，在海盐县人民医院担任外科医生。当然，他们的家还是在杭州，余华和哥哥也跟在母亲身边生活。

与素有“天堂”之称的杭州相比，海盐的生活当然要贫乏得多。但是，对于一生只想成为一名脚踏实地的医生的华自治来说，这里却是他事业和人生的重要舞台。尤其是作为一名主刀医生，看到一个个病危之躯在自己的努力下重新焕发出生命的光芒，他更为自己的这份职业而自豪。经过再三权衡，华自治决定离开杭州，搬到海盐居住。

1962年初，华自治终于做通了妻子的工作，全家从杭州正式迁往海盐。余华的父亲华自治继续在海盐县人民医院做他的主刀医生，而余华的母亲余佩文则成为该院的手术室护士，夫妻二人成了工作中的亲密搭档。余华在自传中也曾提及此事：

他给我母亲写了一封信，将海盐这个地方花言巧语了一番，于是我母亲放弃了在杭州的生活，带着我哥哥和我来到了海盐。我母亲经常用一句话来概括她初到海盐时的感受，她说：“连一辆自行车都看不到。”[①]

海盐县属嘉兴地区，早在秦朝时期就已立县。其位于杭嘉湖平原东缘、杭州湾的北侧，因“海滨广斥，盐田相望”，故取名为海盐。该地既是历代的商业重地，也是崧泽文化、马家滨文化的发祥地之一，抚育了顾况、张元济、张乐平等一大批文人学者，被称为“鱼米之乡、丝绸之府、礼仪之邦、文化之邦”。自3岁随父母搬迁至此，到30岁离开海盐，余华在海盐一住就是近30年。可以说，他的童年和青少年时期都是在海盐度过的。海盐这座小县城不仅对他的人格品性有着潜在的影响，也为他以后的创作提供了丰富的灵感，成为他以后创作灵感的源泉。余华自己也说：“虽然我人离开了海盐，但我的写作不会

① 余华．最初的岁月//没有一条道路是重复的．上海：上海文艺出版社，2004：60.

离开那里。我在海盐生活了差不多有三十年，我熟悉那里的一切，在我成长的时候，我也看到了街道的成长，河流的成长。那里的每个角落我都能在脑子里找到，那里的方言在我自言自语时会脱口而出。我过去的灵感都来自于那里，今后的灵感也会从那里产生。”①

纵观余华的作品，我们可以看出，近30年的生活经历使得余华对海盐及周边地区的自然地理、社会风貌、风土人情等十分熟悉，尤其是对县城属下的武原镇更是了如指掌，所以读者在余华的作品中经常可以看到不少海盐的地名、路名、桥名、店名和标志性建筑。

例如，他曾在《西北风呼啸的中午》中提及虹桥新村26号3室，小说中写道：

一个满脸络腮胡子的彪形大汉来到床前，怒气冲冲地朝我吼道：“你的朋友快死了，你还在睡觉。”这个人我从未见过，不知道是谁生的。我对他说：“你是不是找错地方了？”他坚定地回答：“绝对不会错。”他的坚定使我疑惑起来，疑惑自己昨夜是否睡错了地方。我赶紧从床上跳起来，跑到门外去看门牌号码。可我的门牌此刻却躺在屋内。我又重新跑进来，在那倒

① 余华．最初的岁月 // 没有一条道路是重复的．上海：上海文艺出版社，2004：65.

在地上的门上找了门牌。上面写着——虹桥新村26号3室，我问他："这是不是你刚才踢倒的门？"①

虹桥新村位于海盐县的旧城区，后被改造成新的居民住宅区。虹桥新村因虹桥而得名，虹桥上有楹联，其中西向联为"曾有文星居卦弄，依然翠影拂烟桥"②。这里的"文星"指的就是明代文学家胡震亨，胡震亨就是海盐武原镇人，曾编撰《唐音统签》。20世纪80年代初，余华就曾居住在虹桥新村26号3室。那时，余华在海盐县武原镇卫生院上班。下班之余，余华几乎都在虹桥新村26号自己的房间里努力写作，或者和当地的文学爱好者们彻夜长谈，互相分享自己阅读和写作的经验。可以说，虹桥新村26号3室是余华文学梦开始的地方。

无论是《现实一种》里的汪家老宅、《西北风呼啸的中午》中的虹桥新村26号3室、《在细雨中呼喊》中出现的南门、《河边的错误》里的老邮政弄、《死亡叙述》中的千亩荡，还是《许三观卖血记》中的南唐街、通元、黄店，这些地方都是真实存在于海盐这个地方的。可以说，在余华的大部分作品

① 余华．西北风呼啸的中午//余华精选集．北京：北京燕山出版社，2011：102.

② 海盐县党史地方志编纂委员会．海盐县志：1986—2005：下．杭州：浙江人民出版社，2013：1446.

中，我们都能看到海盐这个地方的影子。

如《现实一种》，小说一开头就描述了一种阴雨绵绵的天气：

那天早晨和别的早晨没有两样，那天早晨正下着小雨。因为这雨断断续续下了一个多星期，所以在山岗和山峰兄弟俩的印象中，晴天十分遥远，仿佛远在他们的童年里。[①]

小说中所提到的天气正是每年夏季海盐等江南地区特有的气候现象——梅雨。每年的六七月，海盐总是会飘着绵绵阴雨，有时一下就是一两个月。这漫无边际的雨水不仅飘落在海盐的土地上，也飘落在余华的小说里，为他的小说增添了不少色彩。

《夏季台风》这一小说中也多处展示江南潮湿、阴暗的气候及氛围。例如，小说的第二章就向读者展现了梅雨纷飞的天气：雨水急落不止，树木和天空都被雨遮盖住了，孩子的皮肤也因这样潮湿的天气而开始泛白等。在《世事如烟》中，小说一开头也展示了阴暗、潮湿的氛围，如“窗外滴着春天最初的眼泪”“一条湿漉漉的街道出现在7虚幻的目光里”[②]等，并以

① 余华．现实一种．上海：上海文艺出版社，2004：2.

② 余华．世事如烟．北京：作家出版社，2008：101-102.

此来暗示小说人物“7”的悲惨及不祥的命运。

新作《文城》也不例外，余华该作品中也融入了对海盐的描写。新作开篇第一句，余华写道：“在溪镇有一个人，他的财产在万亩荡。那是一千多亩肥沃的田地，河的支流犹如繁茂的树根爬满了他的土地……”① 在海盐的西北角，有一个叫作千亩荡的地方，至今都是海盐重要的饮用水源保护地。在创作新作的过程中，余华想要写一个地方能够有更广阔的水源，能纳入更多的村庄，于是就将千亩荡的名字改成了万亩荡。其实，早在创作《死亡叙述》这部小说时，余华就已经将千亩荡这个地名融入作品中了。小说中写道：“那时候我将卡车开到了一个三岔路口，我看了一个路标朝右指着——千亩荡六十公里。”② 不仅如此，除了将千亩荡换成万亩荡这个地名之外，《文城》中出现的“齐家村”这个地名在海盐县也是真实存在的。“齐家”是一个乡，现位于浙江嘉兴市海盐县沈荡经济开发区，余华原来采风时曾去过该地。有意思的是，在创作《文城》时，余华并没有刻意在作品中融入海盐的地名，直到出版时他才发现原来他早已将“齐家”写进了小说中。

除了将小说发生的背景设置在海盐之外，余华在作品中也使用了海盐方言。海盐方言作为余华日常生活思想的载体，必

---

① 余华．文城．北京：北京十月文艺出版社，2021：3.

② 余华．世事如烟．北京：新世界出版社，1999：19.

然也会影响其写作的思维。在《许三观卖血记》的意大利文版自序中，余华就说道："我就是在方言里成长起来的。……口语与书面表达之间的差异让我的思维不知所措，如同一扇门突然在我眼前关闭，让我失去了前进的道路。"[①]在《许三观卖血记》中，余华就运用了海盐方言。例如，"他抹一抹嘴，眼泪汪汪地回到座位上"[②]这句话中的"抹一抹嘴""眼泪汪汪"就是正宗的海盐方言。再如木桶掉进井里，"许三观将竹竿从井里取出来，搁在井台上"[③]里的"搁"也是南方方言。近30年的海盐生活，使得余华不自觉地将地方方言写入作品中，令读者仿佛置身其中。

此外，江南地区文化中柔美细腻的风格及好斗尚武、侠肝义胆的精神特质也影响了余华的创作。海盐县地处江南地区。江南是水网地带，由于地理地貌和自然人文环境的原因，它有着自己特有的水文化。该地区经济相对繁荣，人们比较追求精致的生活，加上深受儒家传统文化的影响，因而江南文化带有柔美、伤感的艺术特征。余华初期创作的许多作品都抒写了江南淳朴清新的小城风情，语言及画面非常唯美，同时展现了温

① 余华.《许三观卖血记》意大利文版序//温暖和百感交集的旅程.北京：作家出版社，2012：127.

② 余华.许三观卖血记.北京：作家出版社，2012：199.

③ 同② 50.

情脉脉的人性魅力。

例如《竹女》，小说描写一位逃荒中的父亲为了保全自己小女儿的性命，不得已将她送给静水湖一家渔民。十几年后，竹女嫁给了渔民的儿子，和婆婆、丈夫过着幸福快乐的生活。多年后，当白发苍苍、已经沦为乞丐的父亲再去探望女儿时，女儿却再也认不出自己的父亲。竹女与丈夫一家的幸福生活和当地淳朴的民风向我们展示了一幅唯美的画面，而父亲的复杂心情和故事结局让人心软伤感。

短篇小说《鸽子，鸽子》细致入微地描写了少男少女萌动的情愫，以及多情唯美的大海：

这里的海则不同了，这里有岛屿，有帆影，还有海鸥……她每天傍晚到海边来，提着一只笼子，低着头悄悄走来……鸽子的主人低头坐在石头上，那娴静的样子仿佛是画中的人物。[①]

江南文化中暴力尚武的刚性特质同样对余华的创作产生了一定的影响。

提到江南文化，出现在人们脑海中的首先就是婉约温情

① 余华．鸽子，鸽子．青春，1983（12）．

等，江南文化给很多人的印象就是柔，刚性这个词好像与它毫不相干。其实不然，江南地区多江河，当地居民在长期征服江河的过程中，养成了刚烈的性情，形成了豁达、坚毅的品质，使得江南文化也具有刚毅、好斗与侠肝义胆的精神特质。江南文化刚性的一面在余华小说中或者是以暴力叙事的方式展现，向人们展示充斥着暴力的世界，或者是以小说中的小人物之侠义英雄之气来体现。

例如，《死亡叙述》中就有这么一个以叙事的方式向人们展示的暴力世界：一位司机出车祸撞死了一名女孩，出于悔悟或者说是想到自己的儿子，他想将女孩送去医院救治。途中走到一户人家的晒谷场前，女孩被一个大汉抢了过去，另外一个人挥起镰刀朝司机扑过来，镰刀砍进司机的腹部。镰刀在拔出的时候，不但把司机的直肠划断，而且把司机肚子里面的肠子全部带了出来。接着，前面的那个大汉用铁锆砍进司机的胸膛，直至司机惨死。

再如，在《许三观卖血记》中，当许三观得知自己的大儿子一乐并非自己的亲生骨肉时，他曾愤恨地骂自己做了9年的乌龟。但得知一乐的亲生父亲被一辆大卡车撞得在医院抢救时，他又劝说一乐去医院屋顶给其亲生父亲叫魂。在一乐得了肝炎需要送上海医治时，为了筹到治疗费用，许三观一路卖血去上海。这种疯狂举动体现了许三观以德报怨的侠肝义胆，让人敬佩不已。

虽然现在的余华在北京生活了多年，但对他来说这座城市是属于别人的城市，这里既没有他的童年，也没有他熟悉的乡音，更没有承载他过去的回忆，所以于他而言总有一种若即若离之感。虽然他离开了海盐，但他永远忘不了海盐，他的写作也离不开那里。正如余华自己说过的那样：“我的作品里所有的场景，我认为都是发生在我的地域里面，我无法想象它们会到另外一个地方去。哪怕是发生在另外地方的故事，我知道了以后，也会搬到我自己的故乡去，就像住在家里一样。这种情形，就像你到街上买了一样东西以后，你不可能把它放在车站里，而不拿回家，这是一种不可抗拒的心理反应。除此之外，不可能有第二个选择。”①

① 余华，洪治纲．火焰的秘密心脏//洪治纲．余华研究资料．天津：天津人民出版社，2007：8.

在医院长大的童年

童年，作为人生的起点与人格培养的关键时期，对作家的创作乃至一生都具有极其重要的影响。事实上，作家题材的选择、创作的动因、创作个性的形成，往往和童年时期对他们的心灵影响最大、给他们留下最深刻印象的生活有很大关系。余华自己也承认童年对于作家创作的重要性，他曾在与王尧的对话中谈道："童年，就像把整个世界当作一个复印机一样，把这个世界复印到了你的一张白纸上，以后你做的都是一些局部的修改了，这儿修修，那儿修修，但它的那个基本的结构就是这样了。"①

余华的童年大部分是在海盐度过的。他出生在一个医生家庭，父亲是一名外科医生，整天忙于做手术。母亲是一名护士，经常需要值夜班。由于工作的原因，余华的父母没有很多时间陪伴及照顾余华和他的哥哥华旭，常常是余华和哥哥睡着了，父母才回到家中。即便是晚上在家，父母也经常会因为急诊被医院给

① 余华，王尧．一个人的记忆决定了他的写作方向．当代作家评论，2002（4）．

临时叫走。有的时候，为了给病人做手术，余华的父亲几天都不着家，更不用说与孩子沟通了。余华的母亲稍微好一些，在没有病人的时候会让两兄弟坐在她的身边，但这样的机会也很少。在《最初的岁月》中，余华曾谈到这样的经历："那时候我母亲经常在医院值夜班，她傍晚时回来一下，在医院食堂买了饭菜带回来让我们吃了以后，又匆匆地去上班了。我父亲有时是几天见不着，母亲说他在手术室给病人动手术。"[①]后来，余华的父母担心上班期间家中兄弟俩的安全，只好将他们锁在家中，让他们自己待在家里面玩。在家中，余华和哥哥不是打架玩闹，就是站在窗前看着窗外的农田和种庄稼的农民，以及农民的孩子在田间嬉戏的情景，或是在房间里发呆冥想。

到了哥哥华旭要上学的时候，因为没人照顾余华，父母就让他每天跟着哥哥去上学。每次哥哥上课的时候，余华就自己在教室外面玩。本来有的时候余华会跟哥哥华旭坐在同一个位置上听课，但是有一次，有位老师看到这个情况后严厉地批评了哥哥，并警告他以后再也不能让弟弟跟着他上课。余华本身就比较胆小，所以在知道老师批评哥哥之后非常害怕。当哥哥再要带余华去上学的时候，余华果断地拒绝，即使一个人待在家里也不愿意再去学校。值得一提的是，有时候余华的哥哥带

① 余华．最初的岁月//没有一条道路是重复的．上海：上海文艺出版社，2004：62.

余华回家的时候，会忘了余华的存在，独自一人跑到别的地方去玩。当哥哥跑到别的地方去玩的时候，余华就默默地在原地等着哥哥回来找他。有的时候，哥哥很长时间没有回来，4岁的余华就自己一个人走回家。

可以说，余华幼年的大部分时光都是和哥哥待在一起，与父母相处的时间极少。到了上幼儿园的年纪，余华因为本身胆小，再加上有些木讷，所以朋友也非常少。余华自己曾说过："我是一个很听话的孩子。我母亲经常这样告诉我，说我小时候不吵也不闹，让我干什么我就干什么。她每天早晨送我去幼儿园，到了晚上她来接我时，发现我还坐在早晨她离开时坐的位置上。我独自一人坐在那里，我的那些小伙伴都在一旁玩耍。"①

亲情的缺失以及孤独、寂寞的童年生活，不仅对余华的人格成长造成了一定的影响，也对其今后的创作有着不可忽视的影响。在余华的作品中，有很大一部分是以儿童的视角叙述的，塑造了很多的孤独者形象。例如，《在细雨中呼喊》中的主人公孙光林就是一个典型的孤独者形象。他在6岁的时候就被自己的父母送人，12岁回到南门后也没有感受过家庭的温暖，因为家里的一场大火，还被当作家里的"扫把星"，父亲和哥哥排斥与冷落他，村里的其他小孩也远离他，不和他来往。无

① 余华．最初的岁月//没有一条道路是重复的．上海：上海文艺出版社，2004：60-61.

人能说话的孙光林只能靠自己排解心中的孤独，有时独自坐在池塘旁回忆和怀念回到南门以前的生活。再如《第七天》里的杨飞，他是个孤儿，生母在厕所里生下他后便将他遗弃在铁轨上。后来，好心的扳道工杨金彪将他抱回家并抚养了他。在杨飞4岁时，杨金彪因要找对象，差点再次将他抛弃。在杨飞的整个童年中，他几乎没有一个朋友，唯一的一个朋友郝霞还经常嘲讽他是孤儿，说他们家对他好是可怜他。亲情的缺失加上朋友的嘲讽，使得杨飞的内心变得孤僻。此外，《兄弟》中的李光头、《我没有自己的名字》中的“我”、《我胆小如鼠》里的杨高等，这些人无一不是孤独者。

【经典品读】

《最初的岁月》（节选）

我的记忆是从“连一辆自行车都看不到”的海盐开始的。

我想起了石板铺成的大街，一条比胡同还要窄的大街，两旁是木头的电线杆，里面发出嗡嗡的声响。我父母所在的医院被一条河隔成了两半，住院部在河的南岸，门诊部和食堂在北岸，一座很窄的木桥将它们连接起来。如果有五六个人同时在上面走，木桥就会摇晃，而且桥面是用木板铺成的，中间有很大的缝隙，我的一只脚掉下去时不会有困难，下面的河水使我很害怕。到了夏天，我父母的同事经常坐在木桥的栏杆上抽烟闲聊，我看到他们这样自如地坐在粗细不均，而且还时时摇晃的栏杆上，心里觉得他们实在是了不起。

…………

接下来的记忆是在家中楼上。我的父母上班去后，就把我和哥哥锁在屋中，我们就经常扑在窗口，看着外面的景色。我们住在胡同底，其实就是乡间了。我们长时间地看着在田里耕作的农民，他们的孩子提着割草篮子在田埂上晃来晃去。到了傍晚，农民们收工时的情景是一天中最有意思的，先是一个人站在田埂上喊叫："收工啦!"然后在田里的人陆续走了上去，走上田埂以后，另外一些人也喊叫起收工的话，一般都是女人在喊叫。在一声起来、一声落下的喊叫里，我和哥哥看着他们扛着锄头、挑着空担子三三两两地走在田埂上。接下去女人的声音开始喊叫起她们的孩子了，那些提着篮子的孩子在田埂上跑了起来，我们经常看到中间有一两个孩子因跑得太快而摔倒在地。[1]

---

① 余华．最初的岁月 // 没有一条道路是重复的．上海：上海文艺出版社，2004：60-61.

童年的医院生活经历也对余华的创作造成了一定的影响。作为在医生家庭里成长的孩子，余华自然有着比其他人更为独特的童年记忆。课余时间，余华去得最多的地方是医院，他几乎每天都要跑好几趟。可以说，医院成了他消磨时间的场所。医院的手术室外有一块较大的场地，余华和哥哥经常在那里奔跑、玩耍。有一次，余华和哥哥觉得好玩，故意趁着医院的护士不注意跑进了手术室。但没想到的是，这一次余华的父亲正好在给病人做手术，刚把手伸进病人划开的肚子里。这个时候，余华的父亲突然发现兄弟俩跑进了手术室，正在偷看他做手术，于是就对两人吼了一句："滚出去！"[①]余华兄弟看到父亲发火了，立刻逃之夭夭。

还有一次，余华和哥哥跑到医院的手术室，看到了一个硬皮的笔记本，想据为己有，于是就偷偷拿走了这个笔记本。然而，兄弟俩并不知道这个笔记本上记录了一年中医院的所有手术，对于医院来说是非常重要的资料。余华并没有将这个笔记本带回家，而是专门在手术室外撬开一块地砖，将笔记本藏在了手术室外面的地下。结果，医院里的护士突然发现笔记本不见了，非常着急，但是怎么找也找不到。余华和哥哥为了摆脱嫌疑，也装模作样地帮忙寻找。后来，护士们觉得有可能是余

① 余华．一个记忆回来了//没有一种生活是可惜的．西安：陕西师范大学出版总社，2019：6.

华两兄弟的恶作剧，所以开始审问他们。一开始，护士先从余华的哥哥开始审问，但是哥哥矢口否认。后来轮到余华，虽然在护士和母亲的问询以及威逼利诱之下，余华差点就要说出是他们偷走了笔记本的真相，但由于哥哥华旭在一边看着他，余华害怕哥哥秋后算账没有说出来，两人才逃过了一劫。后来，余华和哥哥都忘了笔记本的事情，这个笔记本就一直藏在地砖下直至腐烂。直到现在，余华仍然对这件事记忆犹新。

在余华读小学以后，他们家搬进了医院的宿舍，而宿舍对面就是医院存放尸体的太平间。每隔几个晚上，余华就会突然醒来，开始聆听对面太平间传来的无数悲痛、凄惨的哭声——男男女女、老老少少的哭声。余华曾在回忆中写道：

最多的时候一个晚上能听到两三次，我常常在睡梦里被吵醒；有时在白天也能看到死者亲属在太平间门口嚎啕大哭的情景，我搬一把小凳坐在自己门口，看着他们一边哭一边互相安慰。有几次因为好奇我还走过去看看死人，遗憾的是我没有看到过死人的脸，我看到的都是被一块布盖住的死人，只有一次我看到一只露出来的手，那手很瘦，微微弯曲着，看上去灰白，还有些发青。①

---

① 余华．最初的岁月∥没有一条道路是重复的．上海：上海文艺出版社，2004：63.

听到的哭声越来越多、越来越丰富，以至于后来余华并不觉得那是哭声，而认为是世界上最动人的歌谣。在这种特殊环境的锻炼下，童年的余华在面对血腥、死亡情况时不再惊愕和惶恐，而是变得异常平静。他早已习惯了消毒水的气味和患者呻吟的声音，也非常习惯每天用消毒水、酒精洗手，更看惯了奄奄一息的表情。别人觉得医院消毒水的气味非常难闻，余华却早已习惯医院的气味，并且很喜欢闻酒精和福尔马林的气味。此外，因为厕所和太平间很近，余华每次去上厕所都要经过旁边的太平间，但他并没有像普通人一样害怕，他没有一丝的恐惧之感。有的时候天气非常炎热，余华还常常在夏日的午后躲到阴冷的太平间水泥床上睡一个午觉。对于儿时的余华来说，太平间是最好的避暑之地。长大以后，余华曾读到海涅的《还乡曲》这首诗，诗里面有一句话：“生活是痛苦的白天，死亡是凉爽的夜晚。”读到这一句的时候，余华顿时觉得它正体现了自己儿时躺在太平间睡午觉的感受。

这种与众不同的童年记忆也直接影响了余华日后的小说创作。在他的小说里，出现了大量对血腥、死亡等场景的描写。除此之外，自幼司空见惯的血腥场景和死亡画面使得余华在小说中描写死亡和暴力时一直是平静的甚至是冷漠的，能够从客观的角度来看待死亡。

例如，《许三观卖血记》就是描写主人公许三观多次卖血的经历：有时，卖血是为了还方铁匠的钱；有时，卖血是为下乡当知青的一乐治病；还有时，卖血是为了给他喜欢的林芬芳买补品，讨她的欢心。许三观就是通过这一次又一次的卖血来解决他和他家庭所遇到的困难。再如中篇小说《一九八六年》中，一位因受“文革”折磨而发疯的中学历史老师自残，试图用五种不同的刑罚手段来对自己施刑，导致鼻子活生生地被钢锯锯掉。小说中鲜血四溅开来的场景与盛大的刑罚表演，不禁让人联想到了鲁迅的《药》与《阿Q正传》。不仅如此，当看到有人死去的时候，旁观的人们权当作什么都没有看到一样，没有一丝的惊讶，非常冷漠。《古典爱情》《现实一种》等作品中都有类似这样的描述。

当然，余华的童年经历也并不都是冷色调，也有很多有趣、温暖的故事存在。例如，余华家的北面有一个池塘，池水清澈见底，鱼儿们在池塘里快乐地游着。每到夏天，很多人都会在这里抓鱼、玩耍。余华和他的朋友们也一样，喜欢在池塘的岸上跳跃。再如，在余华小的时候，包子和饺子只有逢年过节才能吃到。小时候，每当父亲将猪肉和面粉带回家的时候，余华就知道这天一定是一个特殊的日子。有一天，余华的父亲带了一袋面粉回家，非常高兴地大叫了一声：“面粉来啦！”然后，余华的父亲就带领余华两兄弟制作起饺子来。父亲负责揉面。余华则负责按住有面粉的脸盆，以免脸盆被父亲给掀翻了；因为父亲的力气特别大，余华得使出全身的力气才能按住脸盆。对于余华来说，制作饺子和包子是他童年最美好的回忆。他曾在《包子和饺子》一文中写道：“那时候，我还年轻的父亲手里捧着一袋面粉回家时，总喜欢大叫一声：‘面粉来啦！’这是我童年记忆里最为美好的声音。”还有那个时候他们海盐县的人都没有锁门的习惯，大家都可以分享自己的食物。余华和其他小朋友成为朋友以后，有时就会跑到朋友家里掀开锅盖寻找可以吃的东西，例如年糕、西红柿。当然，因为余华比较小，他经常是挎着一个割草的篮子，追随其他小伙伴找食物。这对于童年的余华来说也是一段非常美好的回忆。

【我来品说】

1. 从上文的分析中，你能否总结出余华与海盐有哪些具体的联系？海盐的生活对他的创作产生了什么影响？

2. 你的记忆是从哪座城市开始的？你能仿照余华《最初的岁月》中的文字谈一谈自己的故乡或最初的记忆吗？你的故乡对你产生了什么样的影响呢？

第二章 从牙医到作家

导读

牙医是余华的第一份工作，为他的早期创作提供了丰富的素材。在医院工作了五年之后，余华决定弃医从文，开始走上写作的道路。那么，余华是怎么接触到文学的？他为什么要弃医从文？牙医生涯对余华的创作有何影响呢？本章将带你一起探寻。

古往今来，弃医从文的作家有很多，例如鲁迅、郭沫若，余华也是其中一员。从小学开始接触文学，到高考失利当牙医，再到弃医从文，余华逐渐走上了文学创作的道路，完成了从牙医到作家的身份转变。虽然最终还是弃医从文，但医生生涯成为余华创作的底色，不断地启发和影响他的创作。

最初的阅读

1973年，余华小学毕业，武原镇的图书馆重新开放，余华的父亲特意为余华兄弟二人弄了一张借书证。那时候，县里的图书馆并没有现在的图书馆那么大，书也特别少，能借的书总共不超过30本，小说也只有20多种。因为当时大量的中外文学作品都被视为“毒草”，所以图书馆里的书大多是与社会主义文学革命、斗争相关的，例如《虹南作战史》《艳阳天》。在这些作品中，余华最喜欢的就是《闪闪的红星》和《矿山风云》，因为只有这两本书是以儿童为主角的，讲述的是儿童参与革命斗争的故事，所以对于当时还是儿童的余华来说非常适合。后来，余华两兄弟因为还书时书封上出现墨迹而与当时的图书馆管理员发生了争执，被没收借书证，没有办法再去图书馆看书。余华曾在《我最初的阅读与写作》一文中提及此事：“这事就这么不了了之，可是我们的借书证被没收了，我们没书可读了。对我来说，这种不能读书的感觉很难受。”[1]

虽然那个时期所能看的书非常有限，也去不了图书馆，但这些都没有打消余华阅读的积极性。有一次，余华无意中翻起了家中的《毛泽东选集》，原以为里面只有毛主席所说的话，没想到里面还有注解。余华瞬间就被《毛泽东选集》里的注解给吸引住了。这些注解里不仅有对历史人物的介绍，还有对某些事件的详细叙述。在余华看来，这些注解虽然没有情感，却因为有对历史知识、人物等的介绍而充满了趣味，比他在图书馆看的书有意思多了。余华看《毛泽东选集》可以说是看得非常入迷。别的小孩吃饭的时候总是左看看、右看看，吃得很慢，而余华每次都是迅速地吃完饭，然后赶紧跑去看《毛泽东选集》。当时的邻居看到余华看书、学习非常认真，都夸赞余华，并感叹如果不是“文化大革命”，余华肯定能在大学当教授。

到了中学时，余华开始接触一些当时所谓的“毒草小说”，其中令他印象最深刻的就是莫泊桑的小说《一生》。该小说是余华阅读的第一部外国文学作品。一开始，余华并不知道小说的名字和作者，只是对小说中的性描写充满了好奇。每次读到性描写的段落时，余华都非常紧张，害怕其他同学看到。直

---

① 余华．我最初的阅读与写作//没有一种生活是可惜的．西安：陕西师范大学出版总社，2019：88.

到“文革”以后，余华再次读到《一生》时，才发现原来当时读的是莫泊桑的小说。除了莫泊桑的《一生》之外，余华在中学时还阅读过法国作家小仲马的《茶花女》。当时是余华的同学借到了这本书的手抄本，然后将这个消息告诉了余华。余华一听是一部关于爱情的小说，便赶紧和朋友跑到同学的家中。到了同学家里，余华就迫不及待地看了起来。小仲马的《茶花女》让余华惊叹不已，感觉这是他看过的最好看的一部小说。

余华还非常喜欢去当地的新华书店，是新华书店的常客。当时因为小镇的图书有限，每个人只能领一张书票，而一张只能买两本书，所以大家不得不提早排队。有的人为了领书票，前一天晚上就已经开始在新华书店门口排队。余华也常常是在新华书店排队买书的人之一。有一次，余华手里揣着五元的巨款去买书票，结果到了书店时发现已经有三百多人在排队了，还有人在赶来的途中。余华至今记得当时的情形，他曾在《阅读的故事》中写道：“当初壮观的购书情景，令我记忆犹新。天亮前，书店门外已经排出两百多人的长队。有些人为了获得书票，在前一天傍晚就搬着凳子坐到了书店的大门外，秩序井然地坐成一排，在相互交谈里度过漫漫长夜。那些凌晨时分来到书店门前排队的人，很快发现自己来晚了。尽管如此，这些人还是满怀侥幸的心态，站在长长的队列之中，认为自己仍然有机会获得书票。”[①]

除了书之外，余华还非常喜欢阅读大字报。虽然当时很少有人会驻足去看大字报，但余华总是在放学时沿着贴有大字报的街道晃来晃去，看得非常入迷。在余华看来，“在大字报的时代，人的想象力被最大限度地发掘了出来，文学的一切手段都得到了发挥，什么虚构、夸张、比喻、讽刺……应有尽有。这是我最早接触到的文学，在大街上，在越贴越厚的大字报前，我开始喜欢文学了”[②]。

余华不但在中小学时期就积累了丰富的阅读经验，而且在中学时作文就不仅写得非常好，还写得比较长，经常受到老师的表扬。那时候，语文老师特别看好余华，认为他非常有才华，经常将余华写的作文当作范文读给大家听，让大家向余华学习如何写作文。有位初中教过余华的语文老师还说过：“只有余华才能写那么长的作文。”[③]进入高中以后，余华除了在班上担任语文课代表之外，还在语文老师何成穆老师支持下成为《学军快报》的负责人。当时的余华在《学军快报》发表了多篇文章，后来因为自己发表的文章太多，还特意给自己取了一

---

① 余华．阅读的故事．收获，2016（2）．

② 余华．最初的岁月//没有一条道路是重复的．上海：上海文艺出版社，2004：64.

③ 余华．机遇让我走向文学道路．青年文摘，2005（11）．

个笔名，叫毕献文。语文老师何老师可以说是给予余华鼓励最多的老师。高中时期，每当课间休息的时候，余华经常坐在教室的窗台上给同学们讲故事。余华喜欢看书，也有一定的叙述能力，因此许多同学都喜欢听余华讲故事。有的时候，因为听余华讲故事，其他班的同学还曾上课迟到。正是因为发现了余华这项才能，何老师让余华当语文课代表。何老师不仅教会余华语文，更教会余华如何做人。有一次语文考试，试卷里有一个用成语造句的题目，要求用每个成语造一个句子。余华觉得特别简单，于是就写了一个句子，这个句子包括了五个成语。何老师看到余华的试卷以后，便把余华叫到办公室，批评他不按照题目要求来做题。当然，批评完之后也表扬了余华这个长句子造得挺好。这件事情让余华开始明白做事一定要讲规矩。可以说，海盐中学的老师帮助余华建立了创作的自信，促使他成为一名作家，余华曾说："我之所以后来从事写作的职业，是因为还在海盐中学读书时就建立了写作的自信，这样的自信是老师给予我的。"①

1977年，教育部宣布恢复中断了十年的高考，并决定在当年的冬季举办考试，通过统一的选拔方式来挑选学生进入大学学习。恢复高考的消息一出，全国人民都沸腾了起来：终

① 周伟达．海盐中学//余华与海盐．杭州：浙江工商大学出版社，2020：21.

于又有机会可以改变自己的命运。而对于原本要上山下乡、到农村进行再教育的余华来说，这也是一个极好的消息：只要能够顺利通过高考，他就可以去大城市。可惜，那时候的余华可以说是少年不识愁滋味，并不清楚高考是改变命运的最好时机，所以他也和当时大部分的学生一样，觉得学习枯燥乏味，不爱学习，完全不考虑自己能不能考上大学。在《十九年前的一次高考》一文中，余华也曾提到自己中学时读书的经历：

> 其实我们当时的高兴是毫无道理的，我们根本就不去想自己能不能考上大学，对自己有多少知识也是一无所知。……我记得自己在中学的时候，经常分不清上课铃声和下课的铃声，我经常是在下课铃声响起来时，夹着课本去上课，结果看到下课的同学从教室里涌了出来。那时候课堂上就像现在的集市一样嘈杂，老师在上面讲课的声音根本听不清楚，学生在下面嘻嘻哈哈地说着自己的话，而且在上课的时候可以随便在教室里进出，哪怕从窗口爬出去也可以。[①]

除了总是分不清上下课铃声之外，余华有的时候还会逃

---

① 余华．十九年前的一次高考//没有一条道路是重复的．上海：上海文艺出版社，2004：89.

课，不是趁数学老师不注意偷偷溜出去打篮球，就是不上化学课或物理课反而跑到操场上玩耍。对于那时的余华来说，玩耍不但可以打发无聊的学习生活，而且可以消除“文革”给人带来的压抑感与平庸感。

如预期的一样，余华高考落榜了，没有考上大学。许是因为当年的高考录取率本来就低，落榜的学生远远多于考上大学的学生，所以余华在知道自己和大家一样落榜的时候并不是特别伤心，只是失落了两天，然后就跟个没事人似的。就这样，余华在嘻嘻哈哈中结束了他的高中生涯。据说后来余华还参加了一次高考，最后也以失败告终。

值得一提的是，有一段时间，每年高考的时候，电视台都会播放高考相关的公益广告。其中的一则广告中，有一个叫余华的人向大家讲述自己高考失败的例子，这个人就是当代作家余华。电视台就是希望通过这个片子来减轻学生的压力，让学生知道：虽然余华没能考上大学，但他最后却成了作家。后来因为需要更新片子，电视台又找到余华，希望他能够重新录一遍。余华想都不想就拒绝了，因为他才不想并再也不想被当作反面教材了。

第一份工作——拔牙

高考失利以后，18岁的余华并没有像其他同学那样到工厂工作，而是在他父亲的介绍下，到海盐县武原镇卫生院当牙医。余华的父亲觉得医生这个职业还不错，希望余华也能像他一样一辈子从医。在当代社会，牙医这个职业受人尊重，而且收入还不错，但是过去这个行当的地位却远远不如现在的医生。余华自己也曾提到："在我们中国的过去，牙医是属于跑江湖一类，通常和理发的或者修鞋的为伍。在繁华的街区撑开一把油布雨伞，将钳子、锤子等器械在桌上一字排开，同时也将以往拔下的牙齿一字排开，以此招徕顾客。"[①]虽然是在国家的医院工作，但其实余华所工作的武原镇卫生院非常小，小到当地的百姓都不觉得这是一家医院，所以很多人都直接称其为"牙齿店"。此外，因为受到条件的限制，当时武原镇卫生院里的牙医都未上过医学院，未经过专业训练。所以，在当

① 余华．我为何写作//没有一条道路是重复的．上海：上海文艺出版社，2004：116.

时的余华看来，自己并不像一个专业的牙医，而更像是一名店员。

令人惊讶的是，余华在上班的第一天就被师父安排给病人拔牙。那一天，卫生院的院长安排余华跟随一位牙医学习拔牙。余华的师父姓沈，年近七十，原本已经在上海退休了，但因为舍不得放弃拔牙的工作，所以又在退休后回到武原镇卫生院，重新回到拔牙的岗位。余华第一次被院长带到沈师傅身旁时，沈师傅正在给人拔牙。因为无暇顾及其他，所以当院长向沈师傅介绍了余华之后，沈师傅只是默默地点了点头，然后安排余华站在旁边观察他是如何拔牙的。在拔牙之前，沈师傅首先用棉球将碘酒涂到病人的上腭或者口底，接着注射麻醉药。在等待麻醉药发挥药效期间，他便坐在椅子上抽烟。等到病人的舌头变大，他就开始准备用钳子拔牙。直到现在，余华对第一次看人拔牙的过程都印象深刻。没想到的是，在观察了两次拔牙的过程之后，沈师傅便让余华亲自给病人拔牙。这对于对牙医工作几乎一无所知的余华来说，是一项巨大的挑战。虽然当时的余华非常紧张、手足无措，但为了不让病人起疑心，他只好装作非常镇定，学着沈师傅拔牙的步骤，给病人麻醉，询问病人舌头的变化，然后拿起钳子拔牙。幸运的是，因为这个卫生院的病人主要是农民，而农民一般都是到牙不得不拔的时候才会去拔牙，所以余华在拔牙时很容易发现哪颗是需要拔的，拔牙的过程也就非常顺利。之后的日子，余华与沈师傅配合得天衣无缝，一般简单的拔牙都由余华处理，沈师傅则负责写病历和开处方；如果遇上比较复杂的情况，沈师傅就会亲自上手。平时，沈师傅也对余华非常照顾。只要沈师傅从上海回来，就会给余华带一条凤凰牌香烟，悄悄地塞给他，不让其他同事发现。在沈师傅的关怀与指导下，余华的技术越来越熟练。从第一次进入卫生院工作到离开卫生院，余华所拔的牙齿有一万颗。

【经典品读】

《我的第一份工作》（节选）

沈师傅让我看着他拔了两次后，就坐在椅子里不起来了，他说下面的病人你去处理。当时我胆战心惊，心想自己还没怎么明白过来就匆忙上阵了。好在我记住了前面涂碘酒和注射普鲁卡因这两个动作，我笨拙地让病人张大嘴巴，然后笨拙地完成了那两个动作。在等待麻醉的时候，我实在是手足无措……谢天谢地我还记住了那句话，我就学着沈师傅的腔调问病人舌头大了没有。当病人说大了，我的头皮是一阵阵地发麻，心想这叫什么事，可是我又必须拔那颗倒霉的牙齿，而且还必须装着胸有成竹的样子，不能让病人起疑心。

我第一次拔牙的经历让我难忘。我记得当时让病人张大了嘴巴，我也瞄准了那颗要拔下的牙齿，可是我回头看到盘子里一排大小和形状都不同的钳子时，我不知道应该用哪一把。于是我灰溜溜地撤下来，小声问沈师傅应该用哪把钳子。沈师傅欠起屁股往病人张大的嘴巴里看，他问我是哪颗牙齿，那时候我叫不上那些牙齿的名字，我就用手指给沈师傅看，沈师傅看完后指了指盘子里的一把钳子后，又一屁股坐到椅子里去了……①

就这样，这份工作余华一干就是5年。虽然这5年中余华在大家的照顾下成长得非常快，但他不甘心一辈子都在医院拔牙，不想过着每天8小时工作的生活，更不想过着天天看着别人嘴巴的日子。空闲的时候，他常常一个人站在医院的门口，望着车辆川流不息的街道，不断地思考着一个问题：难道我能一辈子待在医院吗？余华自己也曾在文章中提到："我实在不喜欢牙医的工作，每天八小时的工作，一辈子都要去面对着别人的口腔，那是世界上最没有风景的地方，牙医的人生道路让我感

① 余华．我的第一份工作//没有一条道路是重复的．上海：上海文艺出版社，2004：93-94.

到一片灰暗。”①

当时的余华非常羡慕在文化馆工作的人。因为余华所在的医院与文化馆很近，两个单位之间的距离只有几百米，所以余华经常在医院的门口发现文化馆的人员在街边闲逛。有一次，余华终于忍不住问文化馆的工作人员：“你们为什么总是在街上晃来晃去，难道不用工作吗?”文化馆的工作人员笑着告诉余华，这就是他们的工作之一。余华一听非常震惊，原来还有工作是这么轻松的。在余华看来，文化馆的工作就像是天堂一样，极其自由、悠闲，不像在医院拔牙那样枯燥乏味。余华希望，自己有朝一日也能进入文化馆工作。在当时，要想进入文化馆工作，要不就是会作曲，要不就是会写作、绘画。在这三项中，余华觉得作曲和绘画自己不太会，自己也就对写作比较感兴趣，所以余华决定开始创作，努力争取早日进入文化馆。可见余华一开始从事写作的动机并不是想要创作，而是为了摆脱当时自己所处的环境。值得一提的是，在知道余华要开始创作这件事后，与余华一同在宁波第二医院口腔科进修的医生马上给余华泼冷水。他也曾和余华一样，非常热爱文学，尝试过写作。他劝余华不要再做白日梦：“我的昨天就是你的今天。”年仅20岁的余华并没有因为朋友的反对而放弃创作，他回应那

① 余华．回忆十七年前//没有一条道路是重复的．上海：上海文艺出版社，2004：100.

位医生朋友道："我的明天不是你的今天。"[1]

一开始，余华也不太清楚如何创作，所以他特意拿着一本《北京文学》反复观摩。等到大致了解了之后，他就开始创作，并将自己的作品寄往各大杂志社。当时写作的条件非常艰苦，因为余华当时还在医院工作，所以他不得不在上午工作，晚上写作。夏天的时候非常热，为了不让自己的汗滴到稿子上，余华只好在手上绑上毛巾。一开始，余华的稿件也经常被退稿，所退的稿件经过的城市比他自己去过的地方还多。每当他的退稿被扔进他家院子时，余华的父亲一听"吧嗒"的声音就知道是余华的退稿，便大喊一声："退稿来了。"

有一天，余华在医院拔牙的时候，医院的电话响了，电话里的总机告诉余华是来自北京的长途。余华就一直待在电话旁等，直到快要下班的时候电话才终于接通。打电话给余华的正是《北京文学》的负责人周雁如，她在电话中通知余华他投给《北京文学》的三份稿件都已入选，并诚挚地邀请余华到北京改稿。在《与〈北京文学〉同行十七年》一文中，余华详细地叙述了当时接电话的场景：

电话接通后，周雁如第一句话就是告诉我，她早晨上班

① 余华．我的文学白日梦//我们生活在巨大的差距里．北京：北京十月文艺出版社，2015：55.

就挂了这个长途，一直到下午快下班时才接通。我一生都不会忘记她当时的声音，说话并不快，可是让我感到她说得很急，她的声音清晰准确，她告诉我路费和住宿费由《北京文学》承担，这是我最关心的事，当时我每月的工资只有三十多元。她又告诉我在改稿期间每天还有出差补助，最后她告诉我《北京文学》的地址——西长安街七号，告诉我出了北京站后应该坐10路公交车。她其实并不知道我是第一次出门远行，可是她那天说得十分耐心和仔细，就像是在嘱咐一样，将所有的细节告诉了我。①

接到《北京文学》的电话之后，余华非常兴奋，第二天就坐车赶往北京。

之后，余华在北京待了将近半个月，除了改稿之外，还在北京的各处好好逛了逛。例如，他专门去了一趟故宫和天安门。余华发现现实中的北京比他想象中的更大、更宏伟，他在《古典乐与珍妃井，铃声》一文中写道："天安门小时画过，画的时候总在其背面涂一幅红旗，大天安门一倍。而今见了天安门，觉得画大其一倍的红旗，非大我一百倍的人不可。"②此次北京之旅不仅让余华感受到了北京的宏伟，更让他感受到

① 余华．与《北京文学》同行十七年．北京文学，2000（9）．

② 余华．古典乐与珍妃井，铃声．东海，1985（2）．

了中国传统的独特魅力。去北京之前，余华不太瞧得起中国的古典艺术，而参观故宫的经历却使余华开始对自己盲目崇拜外国文学作品进行反思。他曾在一篇文章中写道："我一向是瞧不起本国艺术的，而对外国现代派作品则如醉如痴，如醉如痴到了盲目。虽说先前也曾多次听过中国古典乐，可由于没有故宫给我造成的氛围，总使我无法领受其中的魅力。现在领略到了一点，也是值得高兴的。"[①] 可以说，北京之旅让余华认识到了自己的渺小，这促使他走出自己的小世界，弃医从文。

快要离开北京的时候，《北京文学》还专门给余华开了一份证明，证明他的稿件被《北京文学》录用。等到余华从北京回到家乡的时候，全海盐都听说了余华到北京改稿的事情。后来因为这件事，余华就被调到文化馆工作。

虽然最终还是弃医从文，但医生生涯已成为余华的底色，不断地启发和影响他的创作。例如，他早期创作的《第一宿舍》《"威尼斯"牙齿店》就与他的牙医经历有着密不可分的关系。《第一宿舍》是余华的处女作，主要讲述了四位来自不同地域的实习生到医院实习的故事。这四位实习生有着不一样的个性，生活习惯不同，对医生这份职业的认识也不尽相

① 余华．古典乐与珍妃井，铃声．东海，1985（2）．

同。小说的主人公之一毕建国，非常敬业，每当他出现误诊的情况，他都会认真地将误诊的病例记录在本子上。令人惋惜的是，小说的最后，毕建国因身患重症而去世。《“威尼斯”牙齿店》的主人公老金则是一名牙医，在农村开了一家牙齿店，他拔牙既漂亮又利索，获得当地老百姓的好评。老金虽然是一名牙医，却非常喜欢创作，希望自己有一天也能创作出普希金作品那样的小说。由上述作品可知，没有当牙医的经历，余华是很难写出这样的作品的。

此外，5年的牙医经历也启发了余华如何处理文学创作与现实生活的关系。作为一名牙医，应该非常清楚哪些牙需要拔、哪些牙可以补，不能张冠李戴，把原本可以补的牙拔掉，这是一个牙医最基本的常识。创作也是如此，虽然呈现的方式可以多种多样，但不论是写实的作品还是超现实的作品，都应该基于现实生活，要把握分寸，这样才不会像把原本可以补的牙拔掉那样张冠李戴。在创作中，余华一直秉承着这样的理念。例如，在小说《第七天》中，余华虚构了一个殡仪馆的候烧大厅，死者过世后家属需要在这个大厅的取号机上取号，然后等待死者被火化。此外，这个候烧大厅还分为普通区和贵宾区。贵宾区是面向富人的，他们的墓地都在一亩地以上，而且所使用的骨灰盒比黄金还贵。为了让贵宾享有尊贵的待遇，贵宾区里还专门提供沙发给贵宾使用。虽然作者虚构了一个候烧大厅，但其中的取号机和贵宾区、普通区的设计都是源于现实生活，源于在银行办理业务的经验：在银行办理业务，要先取号；银行会根据存款的额度将客户分为普通客户和金卡客户，而且银行里也有普通区和贵宾区。

接触川端康成

1980年，余华在宁波第二医院口腔科进修。在进修期间，余华偶然读到两篇小说，一篇是汪曾祺的《受戒》，另一篇就是川端康成的《伊豆的舞女》。当时，国内发表了很多“伤痕文学”作品，而川端康成的《伊豆的舞女》使余华了解到，原来表现伤痕的方式并非只有控诉这一种，换一种方式来展现受伤也许比“伤痕文学”更有力量。

值得一提的是，川端康成与余华有着相似的生活经历。川端康成出生于1899年，他的父亲也和余华的父亲一样，是一名医生，但是在川端康成一岁多时不幸因患肺结核去世。在父亲去世一年后，川端康成的母亲也和父亲一样患病辞世。之后的几年里，川端康成的姐姐、祖母也相继去世，只剩下川端康成与几乎双目失明的祖父相依为命。1914年，川端康成的祖父去世之后，川端康成成了孤儿，后被他的舅父黑田秀太郎一家收养。可以说，川端康成的童年是在孤独中度过的。余华的童年也是非常孤独的，虽然没有像川端康成那样有多位亲人去世，但因为余华的父母长期忙于医院的工作，常常要值夜班，所以余华大多数时间是和哥哥待在家里。相同的童年经历，使得多愁善感的余华更能理解川端康成的作品，也激发了他的创作欲望。

余华对于川端康成的喜爱可以说是到了一种痴迷的地步，他不但到处收集川端康成的作品，几乎将当时中国发表的有关川端康成的作品全都读了一遍，而且把川端康成视为自己文学道路上的第一位导师。有一次，余华在日本宣传《兄弟》，在接受日本记者采访时提到“川端康成是我的老师”，日本记者非常吃惊，因为他们觉得川端康成的写作风格与余华的完全不一样：川端康成的作品较为优雅；而余华的作品大都充满了死亡与暴力，小说风格相对来说较为粗俗。所以，他们很难理解余华为何会喜欢川端康成，优雅的川端康成是如何影响余华的创作的？余华看到记者吃惊的表情，便告诉他们说：“一个作家对另外一个作家产生影响的时候，就好比是阳光对树木产生了影响一样。但重要的是，当树木在接受阳光影响的时候，是以树木的方式在成长，不是以阳光的方式在成长，所以川端康成就教出了像我这样的一个学生。”①

① 理查德·弗兰纳根对话余华：小说只会抛出问题，却不会给出答案．文艺报，2018-04-13.

川端康成

川端康成（1899年6月14日—1972年4月16日），日本现代新感觉派作家。大学时，他曾就读于东京帝国大学国文学科。1968年，凭借《雪国》《古都》《千只鹤》三部作品，获得当年的诺贝尔文学奖。他不仅是日本第一位诺贝尔文学奖获得者，也是继泰戈尔之后第二位获此殊荣的亚洲作家。诺贝尔文学奖评选委员会主席安德斯·奥斯特林曾在颁奖致辞中称赞川端康成："他忠实地立足于日本的古典文学，维护并继承了纯粹的日本传统的文学模式。在川端先生的叙事技巧里，可以发现一种具有纤细韵味的诗意。"

川端康成在余华的初期创作中产生了不可磨灭的影响。在《温暖和百感交集的旅程》一文中，余华曾坦陈："我曾经迷恋于川端康成的描述，那些用纤维连接起来的细部，我说的就是他描述细部的方式……川端喜欢用目光和内心的波动去抚摸事物，他很少用手去抚摸，因此当他不断地展示细部的时候，他也在不断地隐藏着什么。被隐藏的总是更加令人着迷。"[1]

① 余华．温暖和百感交集的旅程//内心之死．北京：华艺出版社，2000：2-3.

受川端康成的影响，余华在创作中也非常注重细部的描写。例如，在小说《竹女》中，余华就对小镇的风土人情进行了细致的描述：

那镇很小，百十米长的两条街，中间夹着一条从静水湖伸过来的小河流。桥倒是不少，有五座，都是石拱桥，桥面高出两旁的屋顶。那些屋子看上去都像是陷在地里。镇上有米庄、有鱼行、有当铺；还有豆腐店、酒店、药店。麻雀虽小，五脏俱全，凡是城里有的，这儿全有。酒店的生意最兴隆，柜台上挂着块牌匾，上面写：太白遗风。只要是男人，都愿在此喝上点，价钱也不贵，花上他八文、十文铜钱便喝得心满意足了。那药店叫康寿堂，生意要差些。街上常有个穿绸服的人荡来荡去，这人是地保，地保靠收税养着。地保收税从来不收那些开店设铺做大生意的，这些人全有来头……[①]

不论是对小镇石桥的描述，还是对镇内酒店、药店的情况的叙述，都非常地细致入微，仿佛小镇就在眼前一样，极具画面感。

此外，川端康成的作品还启发了余华在创作中营造抒情

① 余华．竹女．北京文学，1984（3）．

的氛围，展现东方式温婉的忧伤。在川端康成的小说《伊豆的舞女》的结尾，船上的舢板剧烈地晃动着，舞女本想和主人公“我”道个别，却不知道如何开口，于是就微微地点了点头。待船逐渐远离小岛之后，主人公“我”躺在船舱里，默默地流下了眼泪，而泪水簌簌地滴落在书包上。在川端康成的启发下，余华在小说中也多次展现充满温暖的悲伤。例如，在《第一宿舍》的结尾，因为宿舍楼要进行拆除，所有的实习生都要搬离第一宿舍。在离开的前一夜，“我”一边静静地看着书，一边总觉得缺少一丝烟味。于是，“我”不自觉地就想起来问了一句：“毕建国，怎么你戒烟了？”[①]说完这句话后才发现毕建国早已离开了我们，床铺也是空的。

【我来品说】

1. 牙医生涯与余华的创作有什么样的联系？

2. 余华是什么时候开始接触川端康成的作品的？川端康成的作品对余华的早期创作产生了什么影响？

3. 你最初的阅读是什么样的？

① 余华．第一宿舍．西湖，1983（1）．

第三章 先锋余华的多副面孔

导读

作为“先锋文学”的代表作家，余华以其冷漠的叙述态度、暴力的叙事主题、超凡脱俗的叙事方式，颠覆了人们的传统观念，对文学旧有状态形成强烈的冲击。余华的先锋性体现在哪几个方面呢？哪些作家影响了余华的先锋创作？本章将带你一起探寻。

20世纪80年代，随着大量西方现代思潮涌入中国，以马原、洪峰、残雪为代表的“先锋文学”开始走向历史舞台。他们的创作不同于以往的传统小说，不仅颠覆了传统的审美经验，更对原有小说形式进行了重新解构，给文坛带来耳目一新之感。作为“先锋文学”的代表作家，余华在“先锋文学”史上占有重要的地位，他创作的第一部先锋小说《十八岁出门远行》，一经推出便受到了学界的高度认可，奠定了他的地位。在此之后，他又创作了《古典爱情》《河边的错误》等多部经典之作，打破了日常的语言秩序，颠覆了人们的观念，开拓出一个新的审美艺术空间。

观念的颠覆

对价值观的颠覆是先锋叙事的一大特点，也是余华先锋叙事的特色之一。观念的颠覆首先体现在对日常生活的合理性进行颠覆。例如，1987年，余华创作了《十八岁出门远行》。该小说是余华先锋时期的代表作之一，主要讲述了一个涉世未深的少年“我”在18岁第一次出门远行的故事。面对广阔、陌生的环境，初次出门远行的“我”不会考虑等待自己的将会是什么，反而总会被眼前新鲜的事物吸引，把它们想象成一些“我”记忆中熟悉的事物，远行对“我”而言是一件快乐的事。尽管“我”成了故事中唯一的受害者，但这就是18岁的生活。

该小说的情节和卡夫卡的《变形记》一样，非常荒诞，有着很多令人匪夷所思的故事。比如，主人公“我”想要搭车，可是几乎所有的司机都像看不到“我”似的，没有停下车来接“我”的。好不容易找到一个司机，司机接了“我”给的烟，却在得知“我”要搭车的时候仍叫“我”滚。“我”在上车之后吼了司机，但司机不但不骂“我”，反而对“我”报以微笑，热情地跟“我”聊天。走到半路，车子抛锚，司机不但不急，反而站在路中央做起广播体操来。后来，有村民要抢司机的苹果，“我”知道后赶紧告诉司机，司机却非常高兴。等到苹果都被抢完了，司机不仅朝“我”哈哈大笑，还抢走了“我”的包。小说的结尾也非常有意思：在东西被抢之后，这位18岁的少年逐渐平静下来，最后居然钻进车子的驾驶室里，躺在那里准备睡觉，仿佛他已经迅速地接受了这个不可知的世界。该小说讲述了一个超现实主义故事，小说中所发生的状况都不符合我们日常生活的经验。余华正是要颠覆人们对于日常生活合理化的认知，向人们展现世界不可知的一面，达到对理性和因果律的否定，拓展出新的文学想象空间。所以，一开始阅读《十八岁出门远行》时，会感觉非常迷茫，完全不知道这部作品想要表达什么。当然，小说的情节虽然缺乏合理性，却又真实地反映了现实世界的残酷。小说中发生在人物身上的事情常常是突然的和不可思议的，然而这正是余华所探寻到的“真实”世界。《十八岁出门远行》小说的创作灵感就是源于当时的一则新闻报道：有一箱苹果在去浙江新昌的路上被人给抢了。余华看到这则新闻后觉得非常有意思，于是创作了《十八岁出门远行》。

【经典品读】

《十八岁出门远行》（节选）

他们五人推着自行车走到汽车旁，有两个人爬到了汽车上，接着就翻下来十筐苹果，下面三个人把筐盖掀开往他们自己的筐里倒。我一时间还不知道发生了什么，那情景让我目瞪口呆。我明白过来就冲了上去，责问："你们要干什么？"

他们谁也没理睬我，继续倒苹果。我上去抓住其中一个人的手喊道："有人抢苹果啦！"这时有一只拳头朝我鼻子上狠狠地揍来了，我被打出几米远。爬起来用手一摸，鼻子软塌塌地不是贴着而是挂在脸上了，鲜血像是伤心的眼泪一样流。可当我看清打我的那个身强力壮的大汉时，他们五人已经跨上自行车骑走了。

司机此刻正在慢慢地散步，嘴唇翻着大口大口喘气，他刚才大概跑累了。他好像一点也不知道刚才的事。我朝他喊："你的苹果被抢走了！"可他根本没注意我在喊什么，仍在慢慢地散步。我真想上去揍他一拳，也让他的鼻子挂起来。我跑过去对着他的耳朵大喊："你的苹果被抢走了！"他这才转身看了我起来，我发现他的表情越来越高兴，我发现他是在看我的鼻子。①

① 余华．十八岁出门远行．北京：作家出版社，1989：6-7.

《十八岁出门远行》创作完成之后，余华非常兴奋，因为他觉得这是一篇连他自己都很意外的小说。在兴奋的同时，余华也比较忐忑，他不知道读者和评论家会如何看待这部作品。1989年的冬天，余华来到北京参加《北京文学》的改稿会，住在西直门的上园饭店。有一天，余华正好碰见当代文学评论家李陀，于是就将他创作的《十八岁出门远行》拿给李陀看。李陀看完这篇小说非常兴奋，对余华的这篇作品大为赞赏，还特意跑到余华的房间来，对余华说："你已经走到了中国当代文学的最前列了。"因为李陀的大力宣传，《十八岁出门远行》在发表之后便引起了学界的关注。后来，在一次访谈中，余华曾提及此事，并且直言他的创作与李陀的鼓励分不开："李陀的这句话我一辈子忘不了，就是他这句话使我后来越写胆子越大。"①

除了打破传统的生活逻辑之外，余华在创作中还对传统固有的文类进行了颠覆。才子佳人是古代中国古典文学中固有的文类和模式之一。这一类型的文学作品自古有之，到元明清三朝逐渐发展成熟，并且已经形成了从才子佳人相爱，到相爱过程中遭遇阻碍，再到两人突破阻碍最终修成正果这样一套固定的模式。而余华创作的《古典爱情》虽然借用了才子佳人的题材，却是一部反才子佳人小说。小说主要讲述了穷书生柳生

---

① 余华．"我只要写作，就是回家"：与作家杨绍斌的谈话．当代作家评论，1999（1）．

和小姐惠之间的爱情故事，然而结局却和传统的才子佳人故事的大团圆结局有所不同，它是以悲剧收尾。小说的结尾，小姐惠并没有跟柳生幸福地生活在一起，而是沦为“菜人”，被人活生生地杀死。柳生和小姐惠两人从此阴阳相隔。更有意思的是，小姐惠死后本来还有一次机会可以重返人间，却因为被柳生发现，导致失去了生还的机会。余华就是有意要打破预想的团圆结局，让读者在读完小说之后觉得出乎意料，以此达到对这种类型的小说反讽的目的。

如果说《古典爱情》是一部反才子佳人小说，那么《河边的错误》则是一部反传统侦探小说。小说主要叙述了一个疯子连续杀人的事件。有一天，老邮政弄的幺四婆婆被人杀害，根据警方调查是被人用柴刀给劈死的。负责此案的刑警队长马哲在经过多次侦察之后，终于发现这个杀人案的真凶居然是被幺四婆婆收留的疯子，而且毫无杀人动机。可惜的是，因为犯人存在精神问题，所以法律无法对疯子进行制裁。在此之后，疯子又相继杀掉了一位35岁的工人和当时发现幺四婆婆尸体的小男孩。小说的结尾，原本以为和其他传统侦探小说一样，正义终究战胜邪恶，疯子最终被抓入监狱，得到应有的惩罚，然而，《河边的错误》却颠覆了人们对传统侦探小说的印象。小说的结尾，负责此案的警官马哲在忍无可忍之下一枪打死了疯子，却因此被判定为故意杀人。为了免除刑事责任，他的妻子和局长特意请来了精神病医生。在医生的一次次问询和诱导之下，马哲终于在迷迷糊糊之中承认自己是疯子。小说打破了人们以往对“对”与“错”的判断：大家认为疯子是有错的，但疯子的结局却是逃离了法律的制裁；而代表正义与法律的马哲在面对疯子时无能为力，杀掉疯子的结果却是他不得不变成疯子才能逃脱制裁。

还有颠覆武侠小说《鲜血梅花》。以往武侠小说中的复仇情节一般都包含“英雄父亲喊冤去世；少侠儿子苦学技艺，终成一代英雄；最后报仇成功，英雄手刃仇人”这三个环节。而《鲜血梅花》中的少侠阮海阔，他的父亲阮进武在15年前不明不白地为武林黑道所杀。阮海阔虽然要为他父亲报仇，但可惜的是，他不但身体柔弱，而且不会一点武功，完全不像武侠小说里面的英雄。杀父之仇本应是不共戴天之仇，而阮海阔的心中对杀父仇人却没有一丝一毫的恨意，他是无意复仇的。小说极具戏剧性。当阮海阔按照计划一步一步地寻找杀父仇人时，他却离他的目标越来越远。当他不按照计划，或者是漫无目的之时，他反而离找到杀父仇人的目标越来越近。小说的最后，因为阮海阔的不断错过与推迟，导致他的杀父仇人刘天和李东早在三年前就被胭脂女和黑针大侠杀死。从某种意义上来讲，阮海阔的复仇最终是失败的，因为他没能亲手手刃仇人。《鲜血梅花》这部小说颠覆了人们对于传统武侠小说英雄的认知、对复仇完美结局的想象，以此来实现对英雄叙事、武侠小说叙事的解构。

无论是对日常生活经验的颠覆，还是对传统文类的突破，余华的目的就是要打破人类社会的思维定式，解构人们的理性体系，向人们展现世界不可知的一面。在余华看来，现有的常识、规则未必牢不可破。人们不应该受到规则和生活经验的限制，而应该非常自由地追求新的真实。正如余华在《虚伪的作品》一文中所说："人在文明秩序里的成长和生活是按照规定进行着。秩序对人的规定显然是为了维护人的正常与安全，然而秩序是否牢不可破却是个疑问，事实证明庞大的秩序在意外面前总是束手无策。城市的十字路口说明了这一点……交通阻塞以后几百辆车将组成一个混乱的场面。这场面告诉我们，秩序总是要遭受混乱的捉弄。因此我们置身文明秩序中的安全也就不再真实可信。"①

值得一提的是，余华的这种颠覆与卡夫卡的影响有着密切的关系。1986年的一天，余华和朋友在杭州的一家书店里偶然看到卡夫卡以及加缪的小说选。因为书店的《卡夫卡小说选》就只剩下最后一本，所以余华的朋友就先买下了这本书。后来，在与朋友的聊天中听到朋友哀叹买不到《战争与和平》

---

① 余华．虚伪的作品．上海文论，1989（5）．

这套书，于是余华立即告诉朋友，他可以在海盐搞到这套书，而朋友可以拿刚买到的卡夫卡的书跟他交换。朋友听到后欣然答应了余华的要求，当即就把《卡夫卡小说选》给了余华。不久后的一个晚上，余华读到了卡夫卡的《乡村医生》。卡夫卡的这部作品让余华非常吃惊：小说没有既定的形式，也没有固定的叙述逻辑，非常自由，完全凭借作家的心情与喜好。例如，《乡村医生》里面有两匹马，可以说是神马，当医生急需骑马去救助病人时，马就会突然出现在猪圈里。这两匹马不仅会载人，还会帮助医生检查病人：如果马对着屋顶大声嘶叫，就说明这个人是健康的。余华之前虽然也读过卡夫卡的作品，但只是觉得他的创作非常奇怪，并没有过多地吃惊或注意。而这次的《乡村医生》让余华逐渐明白，小说不用拘泥于任何的逻辑与形式，怎么写都行。正如余华在《川端康成与卡夫卡的遗产》一文中所说的那样："在我想象力和情绪力日益枯竭的时候，卡夫卡解放了我，使我三年多时间建立起来的一套写作法则在一夜之间成了一堆破烂。"[①] 受卡夫卡的影响，余华创作了《十八岁出门远行》这篇小说，并在小说中设置了很多不合常理的事件，既打破了原有的束缚，让整篇小说变得更为自由，又颠覆了人们的思维定式和日常经验。

① 余华．川端康成与卡夫卡的遗产．外国文学评论，1990（2）．

弗兰兹·卡夫卡

弗兰兹·卡夫卡（1883年7月3日—1924年6月3日），德语小说家，表现主义文学的先驱，现代派文学的奠基人。1901年，他进入布拉格卡尔·费迪南德语大学学习。1904年，他发表了第一篇小说《一场斗争的描写》，并由此走上创作的道路。卡夫卡小说的主要特点在于运用大量的象征、荒诞的手法，以此来表现现代社会中人的孤独与异化以及人对现实社会的逃避。其主要代表作有：《变形记》《城堡》《审判》《乡村医生》《饥饿艺术家》等。除余华之外，残雪、格非等作家的创作都曾受卡夫卡的影响。

语言与结构的反叛

余华作品的先锋性不仅体现在对价值观的颠覆上，也体现为叙述语言与结构上的反叛。关于文学创作中的时间问题，余华曾在《虚伪的作品》一文中明确提到：“当我们把这个过去世界的一些事实，通过时间的重新排列，如果能够同时排列出几种新的顺序关系（这是不成问题的），那么就将出现几种不同的新意义。……所以说，时间的意义在于它随时都可以重新结构世界，也就是说世界在时间的每一次重新结构之后，都将出现新的姿态。”①

《往事与刑罚》是余华迷宫式叙事的代表作之一。这篇小说的时间线并非线性、有序的，而是呈一种混乱、碎片化的状态。一开始，陌生人接到了一份电报，电报上写着“速回”。余华故意通过一份来历不明的电报让九十年代的陌生人和生活在六七十年代的专家在同一时空里奇妙地相遇，使得不同时间

① 余华．虚伪的作品．上海文论，1989（5）．

的故事重新拼凑在一起，使得不同的时空交错在一块，造成时间的不确定，从而形成一种特殊的叙述迷宫：

一九九〇年的某个夏日之夜，陌生人在他潮湿的寓所拆阅了一份来历不明的电报。然后，陌生人陷入了沉思的重围。电文只有“速回”两字，没有发报人住址姓名。陌生人重温了几十年如烟般往事之后，在错综复杂呈现的千万条道路中，向其中一条露出了一丝微笑。翌日清晨，陌生人漆黑的影子开始滑上了这条蚯蚓般的道路。①

小说中，在接到莫名其妙的电报之后，陌生人就被引入一个叫作“烟”的小镇，由此开始走上寻找1965年3月5日的道路。但是，陌生人怎么寻找，也找不到1965年3月5日，一直迷失在追寻往事的道路上。后来，在刑罚专家的提醒下，陌生人才逐渐发现1958年1月9日、1960年8月7日、1967年12月1日、1971年9月20日四段往事，每一段往事都象征着迷宫中一条不同的岔路，正是这四条岔路一直不断地干扰他，导致他离1965年3月5日越来越远。陌生人的目的不是要了解这四段往事，而是要通过这四段往事找到通向1965年3月5日的路。在这个时候，这

① 余华. 往事与刑罚 // 河边的错误. 武汉：长江文艺出版社，1992：177.

四段往事不再是时间，而更像是被空间化，空间替代了时间。小说的结尾，刑罚专家用上吊的方式结束了自己的生命，并在死前清醒地写下：一九六五年三月五日。其实，小说里的陌生人和刑罚专家极有可能是同一个人，我中有你，你中有我，我们很难将他们区分开来。正如刑罚专家的一句话："事实上，我们永远生活在过去里。现在和将来只是过去耍弄的两个小花招。"小说的空间、时间不停地转化和跳跃，并且将不同的时间拼贴在一起，为小说的发展提供了无限的可能。

不仅是《往事与刑罚》，余华的另一部小说《此文献给少女杨柳》也尝试运用了时间分裂、时间重叠、时间错位等多种方法，通过时间来构建叙述迷宫。该小说至少包含三层故事：第一层是"我"的故事。"我"是一个害怕危险的人，喜欢在夜间出去游荡。1988年5月8日，一位年轻的女子闯入了"我"的生活，整日在"我"的房间里游荡。从此之后，"我"不停地流泪，视线变得逐渐模糊。第二层故事是外乡人与杨柳的故事。有一个外乡人和"我"有着同样的经历，有一位名叫杨柳的姑娘走进了他的内心，与他同床共枕。在这之后，这位外乡人不幸患上眼疾，被送到上海的一家医院接受治疗。住院不到半个月，没想到有一名叫杨柳的姑娘因车祸去世，她的眼球被捐献给了外乡人。第三层故事是"我"在长途汽车上所听到的炸弹的故事。有一个老渔民沈良坐车时告诉邻座的外乡人，十年前有一位国民党军官指挥官兵特意在烟城布置了十颗炸弹，这十颗炸弹随时都有可能爆炸。虽然是三层故事，但其实故事都与少女杨柳有关。通过时间的分裂，三个不同的杨柳能够同时并且平行地出现在不同的叙述空间中，而这三个空间的故事汇聚成一个完整、真实的少女杨柳的故事。时空的重复与错位使得故事变得曲折离奇，让人无法分清这到底是现实还是幻想，又或者是梦境。这也正是余华这部作品的独特之处。

《在细雨中呼喊》也是如此。余华自己曾在《在细雨中呼喊》意大利文版自序中说过："它的结构来自于对时间的感受，确切地说是对已知时间的感受，也就是记忆中的时间……回忆的动人之处就在于可以重新选择，可以将那些毫无关联的往事重新组合起来，从而获得全新的过去，而且还可以不断地更换自己的组合，以求获得不一样的经历。"[①]在《在细雨中呼喊》中，叙事时序错综复杂，记忆不断地穿梭与重叠。首先，从章节安排来看，《在细雨中呼喊》分为四章：一、回到南门的岁月；二、在孙荡镇生活的日子；三、祖父孙有元时代；四、孙荡镇叙事及回到南门。小说没有按照时间顺序将最早的祖父孙有元时代放在第一章叙述，而是按照记忆的顺序来安排。此外，回忆中嵌入回忆也是这一小说的特色之一，例如小说中孙

① 余华．在细雨中呼喊．北京：作家出版社，2008：序言 4.

光林重返南门时的回忆：

我在冬天凛冽的寒风里，回想起了这样的情景。有一次我和苏宇在木桥上站了很久，那是夏季最初来到的一个傍晚，苏宇羞怯地望着南门的目光在晚霞里微微泛红。他用和那个傍晚同样宁静的声音，回忆着一个平静的经历。他在南门的一个夏日夜晚，因为太热不想放下蚊帐，他母亲就坐在床边替他扇风和驱赶蚊虫，等他睡着后她才放下蚊帐。①

这段描述里，不仅有“我”孙光林的回忆，更有苏宇对母亲的回忆。孙光林的回忆是第一层回忆，苏宇的回忆则是第二层回忆。通过记忆的交叉与重叠，形成迷宫一样的幻境。

余华这种全新的叙述方式源于阿根廷作家博尔赫斯的启发。博尔赫斯是后现代主义文学代表作家之一，迷宫是其文学创作中重要的意象。在博尔赫斯看来，写小说和造迷宫实际上是一样的。1998年，余华曾专门写过一篇关于博尔赫斯的文章，文章的名字叫作《博尔赫斯的现实》。在余华看来，博尔赫斯的叙述与其他作家最大的不同之处在于，“博尔赫斯在叙述故事的时候，似乎有意要使读者迷失方向，于是他成了迷宫的

① 余华．在细雨中呼喊．北京：作家出版社，2008：77.

创造者，并且乐此不疲……他的叙述总是假装要确定下来了，可是永远无法确定。我们耐心细致地阅读他的故事，终于读到了期待已久的肯定时，接踵而来的立刻是否定。于是我们又得重新开始，我们身处迷宫之中，而且找不到出口，这似乎正是博尔赫斯乐意看到的”[1]。从余华的《往事与刑罚》小说中，我们也能够看到博尔赫斯短篇小说《小径分岔的花园》的影子。《小径分岔的花园》这篇小说主要讲述了第一次世界大战期间，一位名叫余准的中国博士为德国提供情报的事情。为了顺利传递秘密情报，躲避英国军官的追查，他逃到了汉学家斯蒂芬·艾伯特博士家中，并发现了小径分岔的花园。小说中，任何人进去这个花园都会迷路。这就像是一个迷宫花园，有不同的分岔小路，每一条岔路都对应着不同的时间，通向不同的历史。可以说，它不是一个物理意义上的花园，而更像是时间迷宫。通过这些岔路，过去、现在、未来等不同的时间得以在一个空间内并行。余华的《往事与刑罚》也是如此，每一段往事都象征着迷宫中一条不同的岔路。

① 余华．博尔赫斯的现实//没有一种生活是可惜的．西安：陕西师范大学出版总社，2019：113.

零度情感叙事

“零度情感叙事”是法国文学理论家罗兰·巴特所提出的一种独特叙事方式，该叙事方式最早见于他1953年发表的论文《写作的零度》。改革开放以后，这种方式被先锋作家采用。“零度情感叙事”是“先锋作家”余华创作的一大特征。其小说虽然充斥着大量的死亡与暴力，却极少夸张和抒情，既没有压抑不住的愤懑和呼天抢地的痛苦，也没有插入作者本身的评论或看法，而是大部分都是在平静的叙述中展开，以旁观者的姿态来刻画人物、叙述暴力与死亡，科学且绝对客观地描述现实。这样零度情感的叙事策略摒弃了主观色彩的介入，不加任何情感，给人以一种彻彻底底的阴冷，或者可以叫客观的冷漠。这种置身事外的叙事风格与故事本身的残酷性形成了强烈反差，给读者造成了更强的心理冲击。有人曾评价余华：“他的血管里流动着的，一定是冰渣子。”[①]

① 朱玮．余华史铁生格非林斤澜几篇新作印象．中外文学，1988(3)．

例如《许三观卖血记》，该小说描述了主人公许三观在困难时期多次卖血求生的故事。许三观的儿子一乐得了肝炎，需要大量的钱来治疗，为此他不得不卖血来救自己的孩子。除此之外，饥荒年代全家吃不饱快要饿死，他也不得不卖血换吃的。最后，许三观年老体衰，再也无法卖血。小说的结尾写道：

许三观面前的桌子上放着三盘炒猪肝，一瓶黄酒，还有两个二两的黄酒，他开始笑了，他吃着炒猪肝，喝着黄酒，他对许玉兰说：

“我这辈子就是今天吃得最好。”

许三观笑着吃着，又想起医院里那个年轻的血头说的话来了，他就把那些话对许玉兰说了，许玉兰听后骂了起来：

“他的血才是猪血，他的血连油漆匠都不会要，他的血只有阴沟、只有下水道才会要。他算什么东西？我认识他，就是那个沈傻子的儿子，他爹是个傻子，连一元钱和五元钱都分不清楚……”[①]

虽然余华在小说中多次描写了许三观一家人的生活状态和其遭遇的不幸，但是很少有夸张和抒情的描写，更没有对许

---

① 余华．许三观卖血记．北京：作家出版社，2012：254.

三观一家人的遭遇进行主观的批判和分析。整部小说都是在平静、客观的叙述中展开的，以第三人称的叙述视角、冷漠的姿态描述了许三观从青年到老年的经历及其全家的遭遇和不幸。这种冷峻的写作反而留给读者思考的余地，让人们看到了命运对个体的侵袭以及个体生命面对现实的无奈，促使他们对人性和人的生存有更深的理解。同时，这种冷漠的叙事风格也会使得作品具有巨大的反差，给人以一种独特的审美之感。

在小说《鲜血梅花》中，余华也将“零度情感叙事”发挥得淋漓尽致。一代宗师阮进武在15年前不明不白地为武林黑道所杀，15年后阮进武的儿子阮海阔长大成人，阮海阔的母亲便让他寻找剑上有99朵鲜血梅花的杀父仇人。随后，阮海阔的母亲便自焚而去。余华在描述这个故事时没有流露和展现出自己的主观感受，不论是在描述阮进武的死亡时还是在描写阮海阔母亲的死亡时都是冷漠的。例如小说中的这段描写：

阮海阔在母亲的声音里端坐不动，他知道接下去将会出现什么，因此几条灰白的大道和几条翠得有些发黑的河流，开始隐约呈现出来。母亲的身影在这个虚幻的背景前移动着，然后当年与父亲一起风流武林的梅花剑，像是河面上的一根树杆一样漂了过来。阮海阔在接过梅花剑的时候，触摸到母亲冰凉的手指。

很显然，这段描写是在描述阮海阔母亲去世时的场景。从这段描写我们可以发现，余华只是客观地叙述了阮海阔看到自己的母亲死在了他的面前，既没有表达对阮海阔一家的同情，也没有描述阮海阔内心的感受，让人感觉阮海阔对自己母亲的死也是非常冷漠的。通过这种欲扬先抑的零度情感叙事，余华制造了一种可怕的静的效果，而这种静与小说中的死亡形成了巨大的反差。在这样的反差之下，读者受到了很大的心理冲击，也能感受到死亡的力量。

《世事如烟》亦是如此。小说中的人物都冷眼看着自己周围的人的不幸命运，像灰衣女人因为被车撞而去世，她的儿子、女儿和其他的亲属一办完葬礼就立即脱下丧服，在下午举办婚礼。他们对人和亲属的死亡感到麻木，完全没有一丝的悲伤。撞了灰衣女人的司机不但没有一丝愧疚，反而还参加了下午的婚礼。再如小说中的6，清晨他去江边钓鱼。没想到，有两个人比他还早，一边钓鱼，一边吃掉刚钓上来的鱼。突然，6看到这两个人一起跳入了江中，而他却没有一丝惊讶。阅读《世事如烟》时，读者丝毫感受不到余华的态度。但也正是这种无我的叙述，更让读者感觉窒息，开始对人性的自私和残酷进行反思，从而更加珍惜人性中的真、善、美。

【经典品读】

复旦大学部元宝教授对余华“零度情感叙事”的解析

与其说余华是在某种“情感的零度”上叙述人间的苦难，不如说他是把无以名状的情感涵容在平面化的叙述中。我们读《星星》，读《十八岁出门远行》，读《呼喊与细雨》，甚至读《现实一种》和《世事如烟》，都不难感到冷漠的叙述底层汹涌着一股心灵的潜流，呼之欲出，却又无以名之。这股心灵的潜流无疑就是余华所发掘到的人类特有的情感世界。但是，余华并没有用今天我们熟悉的一套语言系统去张扬、传达、转译和诠释他所体验到的那种感情，而是把他的感情之火凝固在不事张扬、无须传达、不可转译的某种“前诠释”的原始状态，还置到某种身在其中的“在世”“在……之中”的生存原状，这是“情感的零度”解释不通的。我觉得，这种情感方式和生存境界，用余华自己的话讲，就是“活着”。“活着”是一切情感之源，“活着”就是一种最本源性的感情状态，这就不必再把“活着”分解成各种各样习俗的情感形式了。“活着”用一种无言的涵容述说着身在其中的人难以述说的情感。这就像一个满腔热情的哑巴要求表达自己的感情，激动得哇哇乱叫，手舞足蹈，最后发现这一切都是徒劳无功，世俗的言辞实在非他所能拥有，就只好按照原来的样子平平静静地“活着”了。[①]

在余华看来，作家的使命既不是要学会在创作中宣泄，也不是控诉或者是揭露，而是“应该向人们展示高尚”[②]。“零度情感叙事”不是余华的本意，而是一种欲扬先抑的叙事策略。他以一种无我的叙述方式，无节制地展现了人性以及类的生存困境。这种置身事外的叙事方式更能充分地表达和反映出余华对人性和社会底层人民的关注、对民族精神的深刻思考。文本底下蕴含了余华的真情与真实，蕴含了他对人类生存的终极关怀。小说虽然将作者的情感隐藏在文本之后，但也正是因为这些平铺直叙的语言与客观的描绘给予了人们思考的余地，才会给读者带来巨大的震撼与冲击。余华希望通过对血腥、死亡、暴力的客观冷静叙事引发读者更加理性的思考，探寻小说的内涵以及死亡、暴力背后所蕴含的意义。余华的小说是冷峻而不是冷漠，是客观中有真情、冷峻中有激越，这也正是先锋余华的重要艺术特色与审美特质。

---

① 郜元宝．余华创作中的苦难意识．文学评论，1994（3）．《呼喊与细雨》是《在细雨中呼喊》的原名。

② 叶立文．叙述的力量：余华访谈录．小说评论，2002（4）．

【我来品说】

1. 从上文的分析中，你能否总结出先锋时期的余华是如何颠覆人们的认知与审美的？

2. 卡夫卡、博尔赫斯的作品对余华的先锋创作产生了什么样的影响？

3. 什么是“零度情感叙事”？“零度情感叙事”的目的和意义是什么？

第四章

《在细雨中呼喊》中的成长叙事

导读

《在细雨中呼喊》是余华创作的第一部长篇小说，从儿童成长史的角度来探讨人性及人道主义。这本书想表达的是，人们在面对过去时比面对未来更有信心。2004年3月，这部小说荣获法兰西文学和艺术骑士勋章。这部小说的成功之处在哪里？本章将带你一起探寻。

《在细雨中呼喊》发表于1991年，是余华创作的第一部长篇小说。在该小说中，余华延续以往的写作风格，描述了儿童的艰难成长经历，向读者展现儿童的精神恐慌与孤独感受及成人世界的凶险，表达了对于人性压抑的抗争。这部小说不仅是一部儿童的精神成长史，更是余华自身的感受，寄托了他儿时的记忆与渴望。

孤望中的呼喊

《在细雨中呼喊》这部小说的诞生可以说是源于一个小误会。余华曾在一次访谈中提到：

当时觉得该写长篇了，于是就动笔，写完第一章发现才四万多字，离长篇还遥远着呢！于是又把主人公的父母、爷爷挖出来，就这么一路进行下去。尽管如此，慢慢地也就进入了感觉。①

《在细雨中呼喊》既是一部关于记忆的书，也是典型的成长小说。小说共分为四章，采用第一人称视角，以“我”——孙光林的回忆为开端，讲述了孙光林6至12岁在孙荡和南门的童年及青少年时期的生活成长经历，向人们呈现了一个儿童的心路历程。主人公孙光林是一个孤独的、无依无靠的孩子，生

① 林舟．余华：叙事，掘进自我的存在//生命的摆渡：中国当代作家访谈录．深圳：海天出版社，1998：160.

在一个贫穷的家庭，小时候曾被送去别人家当养子，在12岁时重新回到自己的父亲身边，却没想到孤独、无助的生活才刚开始。他游离在整个家庭之外，父亲打他，兄弟、村里的小伙伴和老师都不喜欢他，远离他。6至12岁，是一个人人生观与价值观形成的重要时期，需要有家人或教师对其进行启蒙或正确的引导，但是从来没有人在这个时期告诉或教导孙光林，告诉他今后应该如何抉择、什么才是正确的价值观。这样的经历促使孙光林的性格变得更加孤僻，他想要逃离，似乎只有荷塘才能给予他温暖。在亲情方面的缺失，使得童年的孙光林非常希望得到友情，但是朋友国庆的退学、苏宇的去世给了他沉重的打击，让他的情感世界再一次崩塌，他重新回到孤独中。被排斥在家庭之外以及短暂的友情使得孙光林过早地感受孤独，而这份孤独又在不断地吞噬着他这个年纪的孩子本该有的天真。正是在一次次现实的打击下，孙光林陷入了前所未有的绝望与挣扎中。

小说中的孙光林不是个例。其他孩子也和孙光林一样被抛弃，也一样在成长的过程中感受到孤独和恐惧。例如国庆，他的父亲为了自己的婚姻，狠心抛下了他，就算他写信向父亲求助，父亲依然不回来。苏宇，死得悄无声息，在他去世之前，虽然父母兄弟都在他的身边，但没有一个人关心他、发现他的不对劲。是人们的漠不关心，将苏宇推向了死亡的不归之路。鲁鲁，在他的母亲冯玉青被警察抓去劳改之后，他就变成了一个流浪儿童，没有人管。为了寻找母亲，他曾独自一个人坐客运汽车，跑到母亲被关的地方。这一个个故事都尖锐地向人们展现了特殊时期人性启蒙与道德的缺失，以及人道主义关怀的缺乏。

小说虽然主要描述的是一位江南少年的成长以及这一过程的艰辛，实际想以此来介入儿童的世界，通过非成人和成人的双重视角，展现孙光林等一代人在无序成长中的集体式受难，反衬成人世界的暴力、血腥、残酷与病态，以此来表达向成人世界对儿童压迫、社会对人性压迫的反抗。孙光林孤独的儿童形象，可以说是成人世界压迫下的半成品。亲情的缺失，父亲对他的暴力与冷漠，学校老师对他在精神和肉体上的折磨与践踏、对人性的漠视，不仅让孙光林提前感受到了社会和成人世界的残酷，变得更加敏感、苦闷、恐惧不已，也导致他的童真世界严重失衡。即便多少年过去了，他对当年的生活仍然无法忘怀。小时候，只要别人殴打他，他就会在作业簿上记录下来。多年过去，他对这个本子记忆犹新："时隔多年以后，我依然保存着这本作业簿，可陈旧的作业簿所散发出来的霉味，让我难以清晰地去感受当初立誓偿还的心情，取而代之的是微微的惊讶。"[①]其实，小说中的孩子就像是成人世界中的一面

---

① 余华．在细雨中呼喊．北京：作家出版社，2008：8.

镜子，反映出人们的冷漠与残酷，反衬出儿童世界的单纯与善良。

小说的原名叫《呼喊与细雨》，后来发行单行本时才改名为《在细雨中呼喊》。“细雨”和“呼喊”是这篇小说中最重要的两个意象。细雨唯一一次出现是在小说的开头：“1965年的时候，一个孩子开始了对黑夜不可名状的恐惧。我回想起了那个细雨飘扬的夜晚……”[①]提起细雨，大家首先想到的是细雨中的景象大都是灰蒙蒙的，而小说中的“细雨”意象，就像是灰蒙蒙的细雨，象征着无法摆脱的苦难，以及压抑、孤独的生活状态。小时候继母李秀英对“我”的抛弃；回到南门后，父亲孙广才把“我”看作“灾星”，对“我”的冷漠与远离；被哥哥打破脑袋却反遭哥哥陷害，导致父亲以为是“我”伤害了弟弟，把“我”绑在树上打了一顿；“我”被父亲打的时候，村里的孩子们不但不阻止，反而聚集在一起欣赏和议论；鲁鲁被他亲生父母抛弃，最后沦落到在监狱外流浪；还有年轻漂亮的冯玉青因为被人抛弃，结果负气出走，导致自甘堕落；等等。这一个个苦难、孤独的故事就像是细雨，满篇灰蒙蒙的，让人看不到阳光与希望。“细雨”指的不仅是生活的苦难，更暗指人们精神状态的孤独与压抑。

① 余华．在细雨中呼喊．北京：作家出版社，2008：1.

“呼喊”则与“细雨”相对，可以说没有“细雨”就没有“呼喊”。如果小说中的“细雨”象征着压抑、孤独的生活状态，那么“呼喊”则是生命的表达，象征着对人性压抑的抗争，对亲情、友情、人性的呼唤。在《在细雨中呼喊》的一开头，就提及6岁的“我”在寂静无比的黑夜中，听到一个女人的呼喊声从远处传来，并且持续了很长的时间：

我看到了自己，一个受惊的孩子睁大恐惧的眼睛，他的脸形在黑暗里模糊不清。那个女人的呼喊声持续了很久，我是那么急切和害怕地期待着另一个声音的来到，一个出来回答女人的呼喊，能够平息她哭泣的声音，可是没有出现。现在我能够意识到当初自己惊恐的原因，那就是我一直没有听到一个出来回答的声音。再也没有比孤独的无依无靠的呼喊声更让人战栗了，在雨中空旷的黑夜里。[①]

作者为什么要以一个女人的呼喊声为开头，并且自始至终都未向我们交代这位哭泣般呼喊的女人是谁？毫无疑问，这是一个意象，是为了给出一种情绪上和心理上特意设置的环境。小说的主人公“我”——孙光林，一个6岁的儿童，本应该与

① 余华．在细雨中呼喊．北京：作家出版社，2008：1-2.

家人幸福地生活在一起，却被父亲送去当王立强的养子。在王立强自杀之后，继母李秀英也离家出走，所以孙光林又一次无家可归。重新回到南门的孙光林，他那无赖的父亲不喜欢他，他的兄弟也不愿意跟他在一起，将他排斥在整个家庭之外。所以，孙光林自始至终都是孤立无依的。“再也没有比孤独的无依无靠的呼喊声更让人战栗了”这句话既是孙光林的生活写照，也是他内心的呼喊，是对孤独与成长恐惧的呼喊。“呼喊”贯穿了“我”——孙光林的整个生命历程，贯穿了整部作品。其实，不止孙光林一个人，小说中的所有儿童几乎都处于无依无靠的状态，他们既孤独，又对未来充满了迷茫，他们都和孙光林一样，呼唤着亲情，充满着对于孤独与成长的恐惧。

小说中的“呼喊”不仅意味着对孤独的恐惧，还意味着“性”的觉醒与渴望。小说中，孙光林的朋友苏宇，因为父亲的原因造就了从小就孤僻的性格。有一次，他因为无法控制自己的性冲动，忍不住强行抱住一名丰满的少妇，结果被抓送去劳动改造。去之前，苏宇被拉到学校的操场，胸前还挂着一个牌子，牌子上写着“流氓犯苏宇”，以示警告。

小说中的“呼喊”还有一层意思，就是对人性的呼喊。例如小说中的孙广才，非常贪婪好色，不仅抛弃了自己的父亲，甚至对自己的儿媳妇下手，还对早已年老体衰的父亲随意谩骂和虐待，并且希望其能够早日死去。他常常用暴力来表达对人性的呼喊。当父亲终于去世的时候，他如释重负般说了一声："总算死了，我的娘呵，总算死了。"但是，没高兴多久，他就开始深深地忏悔道："爹呵，我对不起你啊。爹呵，你苦了一辈子。我是个狗杂种，我不孝顺你。可我实在是没办法呵。"①孙广才对死后父亲的呼喊不仅是对生命的呼喊，更是对人性的呼喊。

《在细雨中呼喊》发表以后，受到了学界的一致好评。北大中文系教授陈晓明曾评价该作品："《呼喊与细雨》在某种程度上是近几年小说革命的一次全面总结，当然也就是一次历史献祭。这样的作品，标志着一个时期的结束，而不是一个新时代的开始。"②

《在细雨中呼喊》与其说是一部儿童的精神成长史，不如说是一部人性的解剖史，不仅让我们对过去特殊历史时期人的精神所受的压抑与苦难进行反思，也能够增强人们的人道主义意识，这也是我们今天再读这部作品、再读余华的意义所在。

---

① 余华．在细雨中呼喊．北京：作家出版社，2008：182.

② 陈晓明．胜过父法：绝望的心理自传：评余华《呼喊与细雨》．当代作家评论，1992（4）.

谁的《在细雨中呼喊》?

要读懂余华，不仅要读懂《活着》《许三观卖血记》，还要读懂《在细雨中呼喊》。这部小说虽然称不上一部典型的自传，却可以看作余华的某种缩影，小说中无不透露和反映着少年余华的心理状态。余华自己也曾说过："我要说明的是，这虽然不是一部自传，里面却是云集了我童年和少年时期的感受和理解，当然这样的感受和理解是以记忆的方式得到重温。"[①]《在细雨中呼喊》中孙光林的故事，不仅寄托了余华对人性的反思、对儿童成长的关注，更寄托了他自己儿时的记忆与渴望。

小时候的余华和《在细雨中呼喊》中的孙光林一样，非常胆小。他和哥哥华旭的性格完全不一样。哥哥华旭天生活泼，不喜欢循规蹈矩，小时候经常因为惹祸而被其他家长告到家里。余华则不一样，他从小就胆小，循规蹈矩，非常听老师

① 余华．在细雨中呼喊．北京：作家出版社，2008：自序7.

和家长的话，几乎从不惹是生非。有一次，余华的一个朋友要去祭拜刚刚去世的祖父，因为一个人走远路比较孤单，就想让余华跟他一起去。在朋友的连哄带骗之下，余华也跟着去了。路程非常远，他们走了三个小时还没有走到。好不容易到了祖父所在的村庄，那个朋友就直接赶去祖父家奔丧，自然就忘记了余华的存在。余华问朋友大概什么时候回去，朋友回答他说明天。因为父母管得比较严，不允许他在外面留宿，所以朋友告诉他明天才能回去之后，余华非常紧张，特别怕回去后父母打他。于是，余华便缠着朋友带他回去，但朋友太忙，所以就没理会他。后来，余华发现朋友根本不搭理他之后，就哭了起来。余华自己也曾提及此事："于是在一个我完全陌生的老人下葬时，我嚎啕大哭，哭得比谁都要伤心。后来是他的一个表哥，大约十六七岁，送我回了家。……那天回到家中时天都黑了，一进家门我就淹没在父母的训斥之中，害怕使我忘记了一切。一直到第二天清晨醒来后，我才又想起他。他送我回家后，都没有跨进我的家门，我也不知道他是什么时候离开的。"[①]胆小的性格使得余华对黑夜产生了特殊的恐惧，他曾在《最初的岁月》一文中写道："当时我唯一的恐惧是在黑夜里，看到月光照耀中的树梢，尖细的树梢在月光里闪闪发亮，伸向

① 余华.土地//没有一条道路是重复的.上海：上海文艺出版社，2004：48.

空中，这情景每次都让我发抖，我也不知道是什么原因，总之我一看到它就害怕。”①

在《在细雨中呼喊》的一开头，小说写道：

1965年的时候，一个孩子开始了对黑夜不可名状的恐惧。我回想起了那个细雨飘扬的夜晚，当时我已经睡了，我是那么的小巧，就像玩具似的被放在床上。屋檐滴水所显示的，是寂静的存在，我的逐渐入睡，是对雨中水滴的逐渐遗忘。应该是在这时候，在我安全而又平静地进入睡眠时，仿佛呈现了一条幽静的道路，树木和草丛依次闪开。一个女人哭泣般的呼喊声从远处传来，嘶哑的声音在当初寂静无比的黑夜里突然响起，使我此刻回想中的童年颤抖不已。②

小说中的孙光林非常惧怕黑夜，害怕夜色会将他吞灭，害怕睡着了就永远也醒不来。所以，他在很长一段时间内躺在床上不敢入睡，一直和睡眠作斗争，拼命地与黑夜抵抗。这不仅是孙光林的记忆，更是儿时余华的心理感受。

小时候的余华也非常孤独，父母由于工作的原因经常不

① 余华．最初的岁月//没有一条道路是重复的．上海：上海文艺出版社，2004：63-64.

② 余华．在细雨中呼喊．北京：作家出版社，2008：1.

在家，他大部分时间都跟哥哥在一起，也很少和同学或邻居家的小朋友一起玩。有一次，弄堂里的孩子和农村的孩子集体斗殴，余华为了自己的自尊心得到满足，背叛了弄堂里的孩子，转而站在农村的孩子一边，和农村孩子一起密谋欺负他哥哥。后来因为这件事，弄堂里的孩子和他哥哥都把他当作叛徒，不理他，也不和他一起玩。余华曾提到："那一年夏天的晚上，弄堂里的很多孩子都坐在葡萄架下，他母亲给他们每人一串葡萄，我哥哥也坐在那里。我因为背叛了他们，便被拒绝在门外。我一个人坐在外面的泥地上，听着他们在里面说话和吃葡萄，我的那些农村盟友不知都跑到哪儿去了，我孤单一人，在月光下独自凄凉。"[①]孤独之感围绕着余华，让他觉得朋友和哥哥都离他而去，就只剩下他一个人。《在细雨中呼喊》中的孙光林同样没有什么朋友，身边唯一的朋友苏宇也因为猝死而离开了他。他常常一个人坐在池塘边，默默地承受现实的一切，仿佛世界和他格格不入。孙光林孤独的身影总能让我们看到或发现余华的身影。可以说，孤独的孙光林正是儿童余华的内心写照。

《在细雨中呼喊》中的孙光林不但胆小，而且从小就被抛弃，被送到孙荡生活了五年。儿童时期的余华，也曾感觉被抛

① 余华．土地//没有一条道路是重复的．上海：上海文艺出版社，2004：47-48.

弃，觉得父母应该全身心地关注自己，对哥哥和对自己的爱应该是一样的，或者是父母爱他要比爱哥哥多一点。有一天，余华无意中发现父亲骑着自行车出现在街上，而车后座上坐的是他的哥哥。余华看到这一场景，伤心欲绝，觉得父亲不爱他，只爱他的哥哥，所以才不带他一起骑车。按余华自己的话说："我感到自己被抛弃了，是被幸福抛弃。我不知道自己流出了多少眼泪。"[①]后来，在余华的软磨硬泡之下，父亲终于答应骑车载他到街上溜达。坐在父亲车子的后座上是余华童年为数不多的奢侈享受，也是他一辈子不可磨灭的记忆。余华不仅将这份儿时的渴望永远保留在心中，更将这份记忆写在了《在细雨中呼喊》中。小说中有一段关于医生带着两个儿子骑车的场景描写：

只有一次，医生没有走着回家，而是骑着一辆医院的自行车出现在那条路上。那时我正提着满满一篮青草往家中走去。身后的铃声惊动了我，我听到医生在车上大声呼喊他的两个儿子。

苏家兄弟从屋里出来后，为眼前出现的情景欢呼跳跃。他们欢快地奔向自行车，他们的母亲站在围墙前，微笑地看着自

---

① 余华．在细雨中呼喊．北京：作家出版社，2008：1.

己的家人。

医生带着他的两个儿子，骑上了田间小路。坐在车上的两个城里孩子发出了激动人心的喊叫，坐在前面的弟弟不停地按响车铃。这情景让村里的孩子羡慕不已。[①]

小说中医生载着苏家兄弟的场景正是儿时余华最渴望出现的场景。这段描写不仅承载了苏家兄弟的美好回忆，更承载了余华的记忆与渴望。

小说中，孙光明为了逃避父亲的惩罚而躲在麦地里，没想到还是被父亲孙广才透过扑倒的麦子发现，被提回家后打得屁股开花，这也是根据余华的童年经历和感受改编而来的。余华家附近有一片稻田，也有一片麦地，只要打开他们家的窗子就能看到。小时候的余华最喜欢到麦地里玩，夏天时经常一个人躺在麦地的中央。那个地方同时也是余华躲避父亲惩罚的乐园。每次只要惹了父亲生气，他就会夺门而出，逃到麦地里去，一直等到父亲消气后来找他。有一次，余华躲到麦地里，但父亲的怒火还未消，一边走着，一边怒气冲冲地喊着他的名字。余华原本想等到父亲消气后再出来，但没想到一个路过的农民发现麦地里被踩倒的麦子，就边走边抱怨是哪

---

① 余华．在细雨中呼喊．北京：作家出版社，2008：10-11.

个王八蛋做的事。余华的父亲正好听到，立刻知道了余华的藏身之处。余华被父亲揪出来之后，和孙光明一样，也被打了一顿。

【经典品读】

《麦田里》（节选）

那时候我家在一个名叫武原的小镇上，我在窗前可以看到一片片的稻田，同时也能够看到一小片的麦田，它在稻田的包围中。这是我小时候见到的绝无仅有的一片麦田，也是我最热爱的地方。我曾经在这片麦田的中央做过一张床，是将正在生长中的麦子踩倒后做成的，夏天的时候我时常独自一人躺在那里。我没有在稻田的中央做一张床是因为稻田里有水，就是没有水也是泥泞不堪，而麦田的地上总是干的。

那地方同时也成了我躲避父亲追打的乐园。不知为何我经常在午饭前让父亲生气，当我看到他举起拳头时，立刻夺门而逃，跑到了我的麦田。躺在麦子之上，忍受着饥饿去想象那些美味无比的包子和饺子。那些咬一口就会流出肉汁的包子和饺子，它们就是我身旁的麦子做成的。这些我平时很少能够吃到的，在我饥饿时的想象里成了信手拈来的食物。而对不远处的稻田里的稻子，我知道它们会成为热气腾腾的米饭，可是虽然我饥肠辘辘，对它们仍然不屑一顾。

我一直那么躺着，并且会进入梦乡。等我睡一觉醒来时，经常是傍晚了，我就会听到父亲的喊叫，父亲到处在寻找我，他喊叫的声音随着天色逐渐暗淡下来变得越来越焦急。这时候我才偷偷爬出麦田，站在田埂上放声大哭，让父亲听到我和看到我，然后等父亲走到我身旁，我确定他不再生气后，我就会伤心欲绝地提出要求，我说我不想吃米饭，我想吃包子。①

当然，《在细雨中呼喊》不仅反映了少年余华的心理状态，更体现了其创作的转变。在《在细雨中呼喊》之前，余华小说中的人物大都被冠以字母或阿拉伯数字，只是一个个抽象的符号，小说中的人物个性并不鲜明。而随着创作与创作理念的不断深入，余华逐渐意识到作品人物也应该有其自身的价值与地位，应该尊重小说中的人物，并且耐心地倾听他们的声音。在《在细雨中呼喊》这部小说中，余华尝试改

① 余华．麦田里//没有一条道路是重复的．上海：上海文艺出版社，2004：50.

变方法，塑造了孙光林、孙广才等一系列鲜活的人物。例如孙光林的哥哥孙光平，他虽然性格暴躁，却深得其他同龄儿童和父亲的喜爱。原本他有一个幸福的家庭，但最后因为一怒之下割下父亲的耳朵，导致最终只能接受劳改。正如余华自己所说："到了《在细雨中呼喊》，我开始意识到人物有自己的声音，应该尊重他们的声音，而且他们的声音远比叙述者的声音丰富。"[①]此外，从《在细雨中呼喊》开始，余华的风格也逐渐从死亡、暴力转向温情的一面。例如，小说中苏宇和孙光林的友情令人感动不已，两个人互相信任，只要孙光林有不开心的时候，苏宇总是默默地陪在他的身边。还有孙光林的爸爸孙广才，虽然是一个无赖，也曾虐待过父亲和儿子，但是在他的妻子去世之后，他受到了沉重的打击，每天晚上都跑到亡妻的坟前哭泣；在父亲去世后，他也不断地反思和忏悔，骂自己是一个不孝之人。虽然《在细雨中呼喊》主要还是展现人性恶的一面，但已经出现向人性的善、温情的一面转变的迹象。

① 余华，杨绍斌．"我只要写作，就是回家"：与作家杨绍斌的谈话．当代作家评论，1999（1）．

【我来品说】

1. 为什么与其说《在细雨中呼喊》是一部儿童的精神成长史，不如说它是一部人性的解剖史？《在细雨中呼喊》中的“细雨”和“呼喊”代表什么？

2. 你认为《在细雨中呼喊》这部小说与余华的童年有哪些联系？

3. 为什么说这部小说体现了余华的创作的成长与改变？

4. 你认为这部小说的价值与意义体现在哪些方面？

第五章 《活着》的哲学

导读

《活着》是余华的代表作之一，很多人是从《活着》这部小说开始认识余华的。1992年小说发表后，引起了很大的社会反响。该小说不仅获得1998年“格林扎纳·卡佛文学奖”，而且被百位批评家和文学编辑评选为20世纪90年代最具影响力的10部作品之一。

《活着》到底讲述了怎样的故事？它体现了怎样的生存哲学？它为何能够受到广泛的关注？本章将带你一起探寻。

1992年，《活着》在《收获》上发表，随后出版单行本。该小说讲述了一位名叫福贵的老人一生的苦难故事。在余华自己看来，《活着》是一本幸运之书，很多人是通过《活着》才知道了余华，又去阅读他的其他作品。《活着》发表至今，不仅被改编成电影和话剧，更被译介至英、法、德、意、日、韩、俄等30多个国家和地区。这篇小说不仅让我们看到了余华从死亡、暴力向温情的转变，更向读者展现了什么叫作活着。

死亡背后的温情

1992年初，余华在北京的家中午睡醒来，脑中突然想起“活着”二字，于是就有了《活着》这部小说。《活着》可以说是余华的转型之作。以往余华的小说不但到处充斥着死亡与暴力，而且将人与人之间的冷漠和人性中的恶淋漓尽致地展现在读者的面前。比如，小说《现实一种》中，三代人虽然同住在一个屋檐下，彼此却非常冷漠：祖母和孙子抢咸菜吃；丈夫山峰在孩子死去之后用殴打妻子的方式来宣泄丧子之痛；山岗和山峰两兄弟之间经常为了一点小事就拳脚相向，相互报复对方。有一次，两兄弟打架打到头出血了，山岗的妻子不但不阻止，反而还要俯下身子去舔血。

与以往的小说有所不同，《活着》虽然有对死亡与暴力的描写，但更注重向读者展现人性的善良，所以死亡之外多了一份温情，风格也有了明显的变化。例如，小说中福贵一家为了省钱让儿子有庆上学，不得不把哑巴女儿凤霞送给城里人当养女。有庆是姐姐凤霞带大的，和姐姐非常亲，当他知道这件事后，非常生气，不仅每天哭着喊着要姐姐，还试图用绝食以及不去上课来威胁父母。被领养几个月以后，凤霞突然跑了回来。虽然福贵夫妻二人舍不得，但还是决定第二天将女儿凤霞送回养父母那儿。第二天，在将凤霞送回去的路上，凤霞并没有像想象中的那样哭起来，反而一句话都没说，只是默默地跟着父亲福贵。看到女儿无泪的眼睛，福贵感到深深的不舍，再也不愿意将女儿送回原来的养父母家。最后，福贵拉着凤霞的手回到了家里，并发誓就算是饿死，也不送女儿回去。小说中对福贵与家珍将女儿送人这一段故事的描述，不仅体现了当时人们的无奈，更向我们展现了父母对女儿深深的爱。

【经典品读】

《活着》（节选）

我是吃过晚饭送凤霞回去的，凤霞没有哭，她可怜巴巴地看看她娘，看看她弟弟，拉着我的袖管跟我走了。有庆在后面又哭又闹，反正凤霞听不到，我没理睬他。

那一路走得真是叫我心里难受，我不让自己去看凤霞，一直往前走。走着走着天黑了，风飕飕地吹在我脸上，又灌到脖子里去。凤霞双手捏住我的袖管，一点声音也没有。天黑后，路上的石子绊着凤霞，走上一段凤霞的身体就摇一下，我蹲下去把她两只脚揉一揉，凤霞两只小手搁在我脖子上，她的手很冷，一动不动。后面的路是我背着凤霞走去，到了城里，看看离那户人家近了，我就在路灯下把凤霞放下来，把她看了又看。凤霞是个好孩子，到了那时候也没哭，只是睁大眼睛看我，我伸手去摸她的脸，她也伸过手来摸我的脸。她的手在我脸上一摸，我再也不愿意送她回到那户人家去了。背起凤霞就往回走，凤霞的小胳膊勾住我的脖子，走了一段她突然紧紧抱住了我，她知道我是带她回家了。

回到家里，家珍看到我们怔住了，我说：

“就是全家都饿死，也不送凤霞回去。”

家珍轻轻地笑了，笑着笑着眼泪掉了出来。[1]

再如福贵的妻子家珍，是位非常善良、贤惠的传统女性，即使知道福贵在外面莺莺燕燕的事情，也一句话不说。为了让福贵回家，她亲自跑到福贵赌博的地方跪下来请福贵回去，即便福贵对她拳打脚踢，她也毫不退缩。在福贵输光家产之后，她并没有责怪福贵，只是告诉他不要再赌博了。后来，家里变得一贫如洗，原本是富贵人家的千金小姐，从未干过苦活、重

① 余华．活着．上海：上海文艺出版社，2004：84.

活的家珍，二话不说下地干农活，一句怨言也没有。在她临终之前，她只记得福贵对她的好，对福贵说："这辈子也快过完了，你对我这么好，我也心满意足，我为你生了一双儿女，也算是报答你了，下辈子我们还要在一起过。"[①]这些事情都体现了妻子对丈夫的不离不弃，充分展现了他们之间的感情。

此外，小说中福贵向妻子家珍隐瞒儿子有庆去世消息的一段，也令人十分感动。在儿子有庆去世以后，福贵因为担心妻子家珍听到噩耗后身体会受不了，不敢告诉妻子，只好一个人偷偷地将儿子埋了。为了隐瞒这个消息，福贵每天都要假装进城去医院看望有庆，然后编一些话来安慰妻子。每次从城里回来，福贵都会到有庆的坟前坐一坐，和死去的儿子说说话，独自悲伤。有一天，家珍提出要去村西有庆的坟前看一看，福贵这才知道，原来妻子早就知道儿子死去的消息。在看望完有庆之后，家珍提议要到有庆经常跑步的那条路去看看。家珍看着这条小路哭着说："有庆不会在这条路上跑来了。"而福贵看着这条路，更是感慨万分。这段故事感人至深，尤其是最后写道："月光照在路上，像是撒满了盐。"[②]一句话就将福贵的失子之痛表达得淋漓尽致，将悲痛无尽地延伸，令人潸然泪下。

在一次德国举办的朗诵会上，德方邀请余华用中文朗诵

---

① 余华．活着．上海：上海文艺出版社，2004：174.

② 同① 133.

一段《活着》的片段，德文翻译会朗诵德文版。余华知道后提议让德方帮他挑选一段，而德方挑选的正是上述的有庆去世这一段。没想到的是，在朗诵这一段时，朗诵中文的余华哭了，朗诵德文的翻译哭了，聆听这次朗诵的德国大学校长也感动得哭了。

为了让读者能够感受到苦难背后的温情，余华在小说中采取了第一人称的叙述方式，从福贵自己的角度来叙述福贵苦难的经历。一开始，余华也尝试过延续《在细雨中呼喊》的叙述方式和语言，以第三人称的方式来转述福贵的一生，但等写了一万多字以后就怎么也写不下去了。后来，余华逐渐发现，之所以写不下去，是因为用第三人称旁观者的方式来叙述过于冷漠，缺乏亲切感，只能让人感受到福贵的一生除了苦难还是苦难，很难让人体会到死亡背后的温情，感觉“怎么写都不舒服，怎么写都觉得隔了一层”①。于是，余华一改以往第三人称的叙述方式，采用第一人称的叙述方式，让福贵自己说出自己的故事。这样不但使得小说的叙述充满了亲切感，而且更能客观地展现福贵苦难与幸福的一生，让读者体会到福贵苦难背后的温情。

从第一人称到第三人称的转变，不仅是写作技巧的改变，

① 余华，杨绍斌．“我只要写作，就是回家”：与作家杨绍斌的谈话．当代作家评论，1999（1）．

更是人生态度的选择。在余华看来，苦难或是幸福不应该由他人来判断，而应该是自身的感受。如果从旁观者的角度来看，福贵的一生非常悲惨。但对于福贵自己来说，温情大于困苦，他有非常贤惠的妻子，有世上最好的儿子和女儿，还有一头叫作福贵的老牛与他做伴，他是幸运的。只要福贵自己觉得自己是幸福的，这就够了。为了让读者能够体会到幸福应该取决于自身的感受，余华在《纵论人生，纵论自我》一文中讲述了一个真实的故事。在很多年前，有一位上海首富，因为诈骗等罪名被关进了监狱。在被抓之前，他其实已经知道自己要被抓的消息。他站在高楼上的落地窗前，望着楼下工地上正在施工的建筑工人。有一个朋友正好去看他，他一边看着窗外，一边对朋友感慨：如果我是底下的建筑工人该多好，至少他们没有牢狱之灾。虽然这位首富非常有钱，但这时他却觉得建筑工人是幸福的。

值得一提的是，余华在小说的一开始还专门设置了一个叙述人，即采集民间故事的知识分子，不时地穿插在福贵的叙述中。这样的设置，一是为了更好地引入主人公福贵的自我叙述；二是为了让该知识分子作为一个聆听者、转述者，记录福贵的叙述，并对他的故事进行客观的评价。其实，这个采集故事的知识分子“我”，正是余华在县文化馆工作的写照。余华刚进文化馆的时候，正好赶上国家决定抢救民间文学，所以余华就被文化馆派去乡下搜集民间故事、民间谚语、民间歌谣等。为了搜集素材，“余华曾花了两三年时间很认真地领着任务，游走在海盐县的乡村之间，并经常坐在田间地头像模像样地倾听和记录农民们讲述的各种民间歌谣和传说。而《活着》开头出现的那个整天穿着‘拖鞋吧哒吧哒，把那些小道弄得尘土飞扬’的民间歌谣搜集者，也正是这样一个人物”①。

余华的转变主要源于其艺术的觉醒。一直以来，余华和其他的作家一样，都处于想象与现实的冲突中。他曾在《活着》的中文自序中说：“我沉湎于想象之中，又被现实紧紧控制，我明确感受到自我的分裂，我无法使自己变得纯粹。我曾经希望自己成为一位童话作家，要不就是一位实实在在作品的拥有者。如果我能够成为这两者中的任何一个，我想我内心的痛苦将轻微许多，可是与此同时我的力量也会削弱很多。”②的确，作家想要兼顾创作与现实，处理作家、作品与现实之间的紧张关系非常难，一方面希望读者能够感受现实的残酷，另一方面希望向他们传递非理性世界里的人性美。余华由冷酷向温情的转变正是源于其想找到一种中间状态，用一种全新的方式来兼顾现实与理想，既能反映社会的现实状况，也能将生活中的美

① 洪治纲．悲悯的力量：论余华的三部长篇小说及其精神走向．当代作家评论，2014（6）．

② 余华．活着．上海：上海文艺出版社，2004：自序2.

好展现在大家的面前，让大家明白现实中不仅有丑恶，还有美好。

死亡背后的温情也源于美国民歌《老黑奴》的启发。《老黑奴》歌中的“老黑奴”确有其人，他的父亲和两个兄弟先他而去，他的两个姊妹远嫁他乡，他自己又遭遇婚变，一个人孤独地流浪在美国纽约的街头。虽然他一生中遭受了很多次打击，但他从来没有抱怨过命运的不公，依然以积极的心态来面对世界。余华听到这首歌之后，就被老黑奴在面对苦难时的乐观、勇敢的态度深深地感动，并深刻地感受到：“作家的使命不是发泄，不是控诉或者揭露，他应向人们展示高尚。这里所说的高尚不是那种单纯的美好，而是对一切事物理解之后的超然，对善与恶一视同仁，用同情的目光看待世界。”[①]正是受到《老黑奴》的启发，余华才决定创作一部新的小说，这部小说就是《活着》。

当然，这样的转变也与余华的第二次婚姻有着密切的关系。余华有过两次婚姻经历。第一次是在1984年，当时25岁的余华在媒人的介绍下，与同在海盐县文化馆工作的潘银春女士组建了家庭。6年以后，两人因性格不合结束了这段婚姻。1991年，余华到鲁迅研究院和北师大合办的中国第一届作家研修班

① 余华．活着．上海：上海文艺出版社，2004：自序3.

学习深造，并在那里与自己的“初恋”陈虹相遇，陈虹即余华后来的妻子。当时，陈虹是空政歌舞团的舞蹈演员，后来做了诗人。两人因为同在一个班学习，所以自然而然地就互相认识了。在认识了一年之后，两人步入了婚姻的殿堂。妻子陈虹不但善解人意，而且对余华的创作帮助很大。余华每写完一部小说，陈虹作为余华小说的第一位读者，从情节的设计到人物形象的塑造，都会给出中肯的建议。每当余华在创作中遇到瓶颈，妻子陈虹总是会通过提问题的方式来启发余华。两人的婚姻生活十分甜蜜。在一次采访中，余华还骄傲地向大家分享了他的婚姻生活：

“我的初恋就是我现在的太太！”余华没有想象中的忸怩，回答干脆。

“难以置信。”我说。

“要说让我第一次动心的，那是《虎口脱险》的女主角。尤其是她透过列车玻璃向外看的目光。呀，让我着迷!”说罢，余华哈哈大笑。他并不避讳曾经有过一段失败的婚姻:“1984年我结婚了。但没有爱情。这是由于当时的某些环境造成的，没有办法。”

“1991年，我遇到了现在的太太，当时她是舞蹈演员。那是我第一次恋爱，我的初恋。”余华将手机宝贝一样递到我面前，“你看!”

手机屏保，是余华的太太和儿子的合影。[1]

安稳、幸福的婚姻生活不但消解了余华与现实之间的紧张感，给余华带来了无限的欢乐，更教会了余华什么叫作温情与怜悯，促使他的创作风格不再冷漠、暴力，更趋于温情与感性。

非常有意思的是，余华的这次转变还与一场梦有关。以往余华的创作都与死亡、暴力、血腥有着密切的关系，导致他容易在晚上睡觉时也梦见类似的场景。余华自己曾说过：“白天只要写作，就会有人物在杀人，就会有人物血淋淋地死去。到了晚上我睡着以后，常常梦见自己正在被别人追杀。”每天他在梦中不断地被人追杀，不断地逃跑。往往到了要被杀死的那一刻，他就会突然惊醒，然后需要一段时间才能够缓过神来。等差不多清醒之后，余华每次都感叹道：“谢天谢地！原来只是一个梦。”[2]这样被追杀的梦每天都会上演，一直持续了三年多的时间。虽然每天都要被梦给惊醒，但余华却不自知，仍然像往常一样，白天创作，晚上继续在梦里被追杀。直到1989年的

① 张藜藜．和余华玩“真心话大冒险”．杭州日报，2006-03-27.

② 余华．一个记忆回来了//我们生活在巨大的差距里．北京：北京十月文艺出版社，2015：5.

一天晚上，余华梦到自己是一个犯人，因为犯了杀人罪，被判死刑。在执行死刑的当天，他和其他犯人一起被带到县里学校的操场上，等待被枪毙。操场边除了两名带枪的军官之外，还有很多人在台下围观。后来，执行死刑的命令一下，他就梦见其中一名带枪的军官走到他面前，准备向他开枪。以往梦到这里，余华都会惊醒。许是因为太累的缘故，他这次居然没有醒过来，继续做着这个梦。接下来，余华梦见高音喇叭里的“判处死刑，立即执行”话音刚落，其中一名军官就举起他手中的步枪，向余华的太阳穴开了一枪，余华的脑袋“被子弹击空了，像是砸了一个洞的鸡蛋，里面的蛋清和蛋黄都流光了”[①]。直到他梦到自己倒在了台上，顶着空壳的脑袋对着军官叫喊以后，他才从梦中惊醒。虽然同样是做梦，但是余华这次却有不一样的感受，他开始意识到是否因为他白天的创作都与血腥、暴力有关，才导致自己晚上连续不断地做被追杀的梦。也就是从那天晚上起，余华开始提醒自己要转变思路，不再写与血腥和暴力有关的故事。

---

① 余华．一个记忆回来了//我们生活在巨大的差距里．北京：北京十月文艺出版社，2015：7.

《活着》的存在之思

《活着》是余华的主要代表作，1992年9月发表在《收获》杂志的第六期。小说《活着》的故事主要发生在20世纪40年代至80年代。从叙述者“我”在夏日阳光下聆听老人福贵讲述他自己的人生故事开始，回顾了老人40年的生活。主人公福贵原本是富贵人家的少爷，后来因为赌博败光了家业，还将自己的父亲给活活气死。之后，母亲病重，没想到碰上国民党抓壮丁，福贵被拉去打仗了。后来，福贵被解放军俘虏后释放回家，母亲也早已去世。然而他的悲剧却没有结束：儿子有庆因失血过多，女儿凤霞因生产时大出血，相继离开了人世；妻子家珍因悲伤过度去世；不久后，女婿二喜在工作时不幸被水泥板夹死；连唯一的亲人外孙苦根，也因吃豆子撑死了。最后只剩下福贵和一头老牛相依为命。

《活着》看似围绕着福贵叙述了大量的苦难、死亡的故事，背后却蕴含了丰富的哲理。余华正是想通过重复不断的死亡与苦难来引发人们对于生与死的思考，彰显活着的难能可贵，于死亡之中探寻活着的真正意义。小说的主人公福贵，虽然经历了无数的苦难，但他既没有撕心裂肺地叫喊，也没有愤愤不平地抱怨，更没有像春生那样选择结束自己的生命，而是坚强地活着，默默地承受周围持续不断的死亡，用忍受来化解生活的痛苦，用乐观、开朗的心态来面对生命中的一切苦难。在讲述家珍当年死亡的故事时，他没有一丝一毫的悲伤，反而微笑着说："家珍死得很好，死得平平安安，干干净净，死后一点是非都没留下，不像村里有些女人，死了还有人说闲话。"[①]在亲手埋葬完所有的亲人之后，他非常平静，买了一头老牛与他为伴。当村里的其他人嘲笑他和老牛是两个老不死的时，他不但不生气，反而心里美滋滋的，觉得这头老牛确实很像他，还把牛也取名为福贵。从福贵一家的故事，我们感受到了生命的无常，更看到了生命的顽强。小说的结尾，福贵牵着牛慢慢远去，远处房屋的炊烟袅袅升起，男人挑着担子缓缓地走过，所有的一切都归于平静。余华在小说的最后一段写道："我知道黄昏正在转瞬即逝，黑夜从天而降了。我看到广阔的土地袒露着结实的胸膛，那是召唤的姿态，就像女人召唤着她们的儿女，土地召唤着黑夜来临。"[②]时间的变换一方面暗示福贵的一生即将到达终点，另一方面也暗示新的一天即将来临，仿佛

① 余华．活着．上海：上海文艺出版社，2004：176.

② 同① 194.

告诉人们不管过去经历了什么、遇到多大的苦难，明天又会是全新的一天，所以，我们要学会忍受生活，坚强地活下去。正如余华在《活着》韩文版自序中所说的那样：“作为一个词语，‘活着’在我们中国的语言里充满了力量，它的力量不是来自于喊叫，也不是来自于进攻，而是忍受，去忍受生命赋予我们的责任，去忍受现实给予我们的幸福和苦难、无聊和平庸。”①

小说让我们看到了活着本身的意义与价值。活着本身是非常纯粹的，它的存在没有任何的理由，与地位、财富、名誉等身外之物没有任何的关系。它是人生命中最基本的追求和信念，是人们最珍贵的财富，没有什么比生命更重要，也没有什么能够比活着更能体现出人存在的价值与意义，“人是为活着本身而活着，而不是为了活着之外的任何事物而活着”②。在弹雨纷飞的战场，福贵、春生、老全等人拼了命也要活着，只要能够活着，就是最大的幸福。老全每次打仗时都要对自己说：“老子死也要活着。子弹从我身上什么地方都擦过，就是没伤着我。”他还安慰春生道：“只要想着自己不死，就死不了。”③为了能够活着，见到自己的妻子和儿女，福贵毅然决然地离开部队，选择回家。虽然他也想参加解放军，报答解放军的恩情，但在他看来，没有

① 余华．活着．上海：上海文艺出版社，2004：自序 3.

② 同①自序 4.

③ 同① 60.

什么比人活着更重要，比活着见到家人更重要。土地改革时期，福贵因祸得福，没有被当作恶霸地主，所以躲过了一劫。龙二则没有福贵那么幸运，不但被没收了财产，而且最后被判枪毙。在得知龙二被枪毙的消息之后，妻子家珍也和福贵一样吓得脸色都变了，对福贵说："我也不想要什么福分，只求每年都能给你做一双新鞋。"[①]的确，对于家珍和福贵两夫妻来说，只要人活着，一家人能够天天在一起，就知足了。在妻子、孩子都去世之后，福贵一个人带着5岁的外孙苦根生活，他们一起割稻子，一起将鸡蛋拿到城里卖。两人的日子过得非常辛苦，但福贵的心里却是非常高兴，因为他觉得只要活着就有劲头。虽然福贵一生中遭遇了重重的苦难，但也正是人生的苦难与命运的无常，使他对活着的本质有了更深刻的理解，逐渐明白人生什么都不重要，唯有活着，一切才有希望。晚年的福贵在回顾自己的一生时，感慨道：

这辈子想起来也是很快就过来了，过得平平常常，我爹指望我光耀祖宗，他算是看错人了，我啊，就是这样的命。年轻时靠着祖上留下的钱风光了一阵子，往后就越过越落魄了。这样反倒好，看看我身边的人，龙二和春生，他们也只是风光了一阵子，到头来命都丢了。做人还是平常点好，争这个争那

① 余华．活着．上海：上海文艺出版社，2004：71.

个，争来争去赔了自己的命。像我这样，说起来是越混越没出息，可寿命长，我认识的人一个挨一个死去，我还活着。[1]

其实，小说《活着》讲述的不是一个故事，而是中国60多年风雨飘摇的历史。小说中的福贵也并非个例，而是20世纪广大中国人民的真实写照。从国民党统治后期到解放战争，再到后来的土改运动、“大跃进”、“三年困难时期”，大多数的中国普通百姓也和福贵一样，遭受了无数的磨难，在战争和社会变革中失去了亲人。虽然遇到了诸多苦难，但中国人民万众一心，用艰苦奋斗、顽强拼搏的精神渡过了无数的难关，推动中国发生了翻天覆地的变化。可以说，福贵的苦难集中体现了20世纪中国社会的苦难、普通人的苦难，福贵的乐观也体现了普通中国百姓直面苦难的顽强和勇气。

2012年，白血病女孩寻找作家余华的事件引发社会各界的关注。宋静是21岁的白血病患者，每个月都要到四川人民医院接受治疗，一共做了九次化疗。有一次，宋静的朋友送给她一本书，这本书正是余华的《活着》。宋静整整读了三遍，读完以后非常感动，被小说主人公福贵顽强的意志和乐观的态度深深吸引。小说《活着》让宋静逐渐明白活着的意义，并激励她

① 余华．活着．上海：上海文艺出版社，2004：191.

产生继续与白血病抗争的勇气。宋静曾说："《活着》这本书给了我力量，家人和朋友也都希望我活着。尽管负担很重，但是妈妈从来没有放弃过治疗。"①为了能让宋静拾起战胜病魔的信心，实现她见余华的愿望，宋静的母亲到处发寻人启事。这件事引起了多家媒体的关注。2012年12月，宋静决定前往北京继续接受治疗。此次行程，她还有一个小小的心愿——与小说《活着》的作者余华见面。余华得知宋静要来北京进行治疗之后，不仅叮嘱她注意保暖，而且帮助她联系当地的医院。2012年12月20日，余华带着1993年《活着》的台湾纪念版亲自前往医院附近的快捷酒店看望宋静，并鼓励她坚强活下去。为了与宋静见面，余华特意推迟自己去美国的行程。两人互相交流了40分钟。在宋静看来，这次见面就像是做梦一样，余华则可以说是她生命中的贵人，鼓励她积极面对病魔。在接受记者访谈时，余华说道："我没想到这本书能给宋静这么大鼓励与支持，当年我写书的时候没有想这么多。其实应该是书中的人物给他们带去力量。作家把作品完成之后，每个读者在阅读中读到什么，都是不一样的，每个读者都在用他们的方式来阅读续写这一本书。"②

小说《活着》虽然讲述的是20世纪普通中国百姓的困境及

① 张丹．余华：活着本身就是意义．广州日报，2012-12-21.

② 龚棉．余华探望患病女孩．京华时报，2012-12-21.

其面对困境的顽强精神，但对今天的我们仍具有重要的启示。今天，国家富强了，人们的生活富有了，那么生活在幸福之中的我们就不用学习和培养直面困难的顽强精神了吗？当然不是，在任何时候我们都应该树立和培养自身的顽强意志和苦难意识。阅读余华和余华的《活着》不仅能够增强我们的苦难意识，还能够培养我们的顽强意志和不怕苦的品格；能够让我们具有忧患意识，不断地提醒我们以前人们的生活是多么艰辛，同时告诉我们今天的生活来之不易；能够促进和加深我们对于活着和生存的理解。这些对于现在的我们不断突破苦难、永远前进是非常重要的，而这也是我们今天阅读余华和余华的《活着》的意义所在。

【我来品说】

1. 小说为什么以“活着”为题？你对“活着”有什么样的理解？你怎么看待《活着》中福贵经历的苦难？

2. 为什么说《活着》是余华的转型之作？其转型的原因有哪些？

第六章

《许三观卖血记》的“卖血”三观

导读

《许三观卖血记》是余华于1995年创作的一部长篇小说，曾被中国百位批评家和文学编辑评选为20世纪90年代最有影响的10部作品之一。余华曾说，《许三观卖血记》其实是“一首很长的民歌”。他为什么这么说？小说为什么能够获得广泛的认可，引起人们的共鸣？本章将带你一起探寻。

《许三观卖血记》写于1995年，是余华90年代转型之后的代表作之一。余华以冷静、客观的叙述语言描述了许三观在困难时期多次卖血求生的故事，表达了对社会底层普通人生活状况的深切关切，显示出对人性、人与中国社会关系的深层思考。比利时《南方挑战》杂志称赞其为“一个寓言，是以地区性个人经验反映人类普遍生存意义的寓言”[1]。

① 吴勇毅．告别“虚伪的形式”：《许三观卖血记》之于余华的意义．文艺争鸣，2000（1）．

父爱之歌

在《许三观卖血记》中，余华主要塑造了一个平凡而伟大的父亲许三观的形象。血是承载人生存的重要保障，主人公许三观一生最重要的事情就是卖血。他一共卖了12次血，每次的原因都不一样：有时是因为好奇，有时是为了给情人买礼物，有时单纯是因为好奇或想吃猪肝、喝酒。但是，在这12次卖血中，其中有7次是为了儿子一乐。例如，小说中第二次卖血的缘由是：方铁匠的儿子伸手给了三乐一记耳光，为了给弟弟报仇，一乐用石头砸了方铁匠儿子的脑袋，砸得方铁匠儿子流了很多血，在医院躺了20多个小时。方铁匠后来找许三观一家要补偿费，还把许三观家里的家具搬走用来补偿。为了给儿子一乐偿还债务及赎回家中的家具，许三观特意拿着白糖孝敬李血头，好让李血头同意他卖血。这是许三观第一次为儿子一乐而卖血。第二次为一乐卖血是在“上山下乡”期间。因为要接受贫下中农的再教育，所以一乐也和其他青年一样，到农村插队落户。有一天，一乐突然从农村回来，骨瘦如柴，完全没有力气再回去好好干活。为了让一乐好好补补身体和早日抽调回城，许三观在一乐回农村之前又卖了一次血，让一乐买些烟和酒来孝敬生产队长。后面连续的卖血也是因为一乐得了肝炎，需要大量的钱来治疗。许三观对儿子一乐的感情很复杂，因为这个儿子不是他亲生的。虽然当他得知自己最喜欢的一乐原来是妻子许玉兰和另一个男人何小勇的孩子时，他也曾因备受打击而在全家去饭店吃面条时故意不带一乐，但在得知一乐生病之后，他还是毫不犹豫地卖血给孩子治病。

小说最后感人的地方就是，许三观为了治好一乐的病而一路卖血到上海：

> 他要去的地方是上海，路上要经过林浦、北荡、西塘、百里、通元、松林、大桥、安昌门、靖安、黄店、虎头桥、三环洞、七里堡、黄湾、柳村、长宁、新镇。其中林浦、百里、松林、黄店、七里堡、长宁是县城，他要在这六个地方上岸卖血，他要一路卖着血去上海。①

这段看似平白无奇的文字和地名，却令人感受到了一位父亲对儿子无私的付出与沉甸甸的爱。当人们劝许三观不要再去

---

① 余华．许三观卖血记．北京：作家出版社，2012：211.

卖血了，这样会出人命时，他却说："就是把命卖掉了，我也要去卖血。"他接着又说："我儿子得了肝炎，在上海的医院里，我得赶紧把钱筹够了送去，我要是歇上几个月再卖血，我儿子就没钱治病了……"[①]在中国传统伦理中，血缘关系一直被看得很重。对于许三观来说，要用自己的血去帮助和救治一个跟他完全没有血缘关系的许一乐，不仅需要摆脱传统观念的束缚，还需要非常大的勇气和决心。许三观卖血这一行为凸显了他作为父亲对家庭、对孩子甘于奉献的伟大精神。许三观这一形象，向读者生动地演绎了一种超出血缘的亲情、一种无可矫饰的父爱。

除了多次为一乐而卖血这件事情之外，喊魂一事也充分体现了英雄式父亲许三观宽广的胸襟。一乐的亲生父亲何小勇因为被车撞导致颅内出血，昏迷不醒。后来有一位城西的老中医向何小勇的妻子建议，让何小勇的儿子坐到屋顶的烟囱上，对着西天喊魂，喊上一个小时，也许何小勇的魂听到儿子的喊叫声就留下来了。因为必须要是亲生儿子才可以，所以何小勇的妻子只能硬着头皮跑到许三观家，求他们家让一乐去喊魂。许三观对此内心非常挣扎，因为他知道如果一乐去给何小勇喊魂，那就意味着大家都会知道一乐是何小勇的孩子。但是，要

① 余华．许三观卖血记．北京：作家出版社，2012：223.

是一乐不去，那么何小勇有可能会因此而丧命。后来，许三观还是顶着巨大的压力，亲自劝说一乐道：“一乐，何小勇以前对不起我们，这是以前的事了，我们就不要再记在心里了，现在何小勇性命难保，救命要紧。怎么说何小勇也是个人，只要是人的命都要去救，再说他也是你的亲爹，你就看在他是你亲爹的份上，爬到他家的屋顶上去喊几声吧……”[①]当朋友告诉许三观一乐怎么也哭不出来，不肯承认何小勇是他亲生父亲时，许三观又跑到何小勇的屋子前对一乐说：“一乐，你听我的话，你就哭几声，喊几声。这是我答应人家的事，我答应人家了，就要做到。君子一言，驷马难追。再说那个王八蛋何小勇也真是你的亲爹……”[②]在许三观的反复劝说之下，一乐才终于喊了几声。

小说中的许三观只是一名普通的父亲，但他在平凡中又透露出不平凡的一面。正如王安忆在《中国图书商报·书评周刊》中所说：“余华的小说是塑造英雄的，他的英雄不是神，而是世人。但却不是通常的世人，而是违反那么一点人之常情的世人。就是那么一点不循常情成了英雄。比如许三观，倒不是说他卖血怎么样，卖血养儿育女是常情，可他卖血喂养的，是一个别人的儿子……他又不是为利己，而是向善。这才算是英

① 余华．许三观卖血记．北京：作家出版社，2012：154.
② 同① 159.

雄，否则也不算。许三观的英雄事迹且是一些碎事，吃面啦，喊魂什么的，上不了神圣殿堂，这就是当代英雄了。”[1]

【经典品读】

《许三观卖血记》（节选）

他们一直往前走，走到了轮船码头。许三观让一乐在候船室里坐下，他买了船票以后，坐在一乐身边，这时离开船还有半个小时。……

许三观从胸前的口袋里拿出了三十元钱，塞到一乐手里，说：

“拿着。”

一乐看到许三观给他这么多钱，吃了一惊，他说：

“爹，给我这么多钱？”

许三观说：“快收起来，藏好了。”

一乐又看了看钱，他说：“爹，我就拿十元吧。”

许三观说：“你都拿着，这是我刚才卖血挣来的，你都拿着，这里面还有二乐的，二乐离我们远，离你近，他去你那里时，你就给他十元、十五元的，你对二乐说不要

① 王安忆评《许三观卖血记》. 当代作家评论，1999（3）.

乱花钱。我们离你们远，平日里也照顾不到你们，你们兄弟要互相照顾。”

一乐点点头，把钱收了起来，许三观继续说：

“这钱不要乱花，要节省着用。觉得人累了，不想吃东西了，就花这钱去买些好吃的，补补身体。还有，逢年过节的时候，买两盒烟，买一瓶酒，去送给你们的生产队长，到时候就能让你们早些日子抽调回城。知道吗？这钱不要乱花，好钢要用在刀刃上……”[①]

《许三观卖血记》出版以后，便受到了广泛的关注。2000年，《许三观卖血记》入选韩国《中央日报》评选的“100部必读书”。2015年，韩国甚至将改编后的《许三观卖血记》拍成电影，影片由演员河正宇自导自演，并聚集了河智苑、尹恩惠等一批韩国实力派演员。余华自己也曾在接受采访时向记者坦言：“在韩国拥有很多读者，如果从人口比例来算的话，比在中国的读者还要多。”

该作品之所以受到韩国读者的广泛关注，与其中的父亲形象以及父爱文化的塑造有着密切的关系。1997年，金融风暴席卷亚洲，亚洲各国的股市大跌，很多大型企业面临倒闭的危

① 余华．许三观卖血记．北京：作家出版社，2012：185-186.

机，一些经济大国的经济开始萧条。韩国在这一次的金融风暴中也遭受了严重的冲击，不但韩国货币贬值，而且韩国第14大工业集团韩宝钢铁、韩国第26大工业集团三美集团、韩国汽车集团起亚集团等支柱企业相继宣布破产。因为经济的萧条，当时韩国的外汇储备只有39亿美元。为了使国家渡过困难，韩国只好求助于国际货币基金组织（IMF），申请获得紧急救助贷款。当然，这也意味着韩国不得不接受IMF的干预和监督。从那时起，韩国进入了“IMF时代”。那段时间的韩国，与其他一些亚洲国家一样，无数的企业倒闭，失业者的人数急剧递增，街上到处可见无业人员，人们的生活陷入困境，整个社会都沉浸在悲观、无助、疲惫的氛围之中。在这样的背景下，人们急需许三观这样坚强、充满父爱的英雄式人物来激励和鼓舞他们前行，带给他们温暖。相比好莱坞式的英雄，许三观这种为家庭撑起一片天的当代英雄，更容易引起人们的共鸣。此外，小说对中国现实的关注让韩国的读者想到了韩国的文化和历史，既符合大众的阅读心理，也容易引起韩国读者的共鸣，这是《许三观卖血记》在韩国受欢迎的原因之一。韩国汉阳大学文化创意系教授安昶炫曾经给学生们布置过这样的作业：他要求学生通过阅读余华的《活着》和《许三观卖血记》这两部作品，去了解中国历史社会的变化。“虽然中韩历史变化的走向不同，但老百姓受到的压力和痛苦是相似的。”[1]安昶炫认为，余华在其作品中对中国社会现实的关注，也正是其作品在韩国受到广泛欢迎的原因之一。当时介绍余华作品的编辑曾提及《许三观卖血记》在韩国出版的背景以及受欢迎的原因：“《许三观卖血记》正是韩国IMF时代出版的，正符合当时韩国的时代需求。《活着》像一部严肃的正剧，而《许三观卖血记》则像个人的故事，个人的主观情感和体验与社会变化混合的时候发生的故事。小说里有许玉兰受批判的场面，她挂着写有‘妓女许玉兰’的牌子站在路上，许三观带给她盒饭，米饭下面铺了小菜，这表现的就是人和人之间的信赖。虽然是被压在巨大的政治历史的轮子下的普通人，但是他们也有他们的方式确认相互之间的爱和信任。”[2]

纵观余华所有的创作，我们可以发现，在以往的创作中，余华笔下的父亲不是处于一种一直消失的状态，就是面目狰狞、阴险毒辣，丝毫没有长辈的尊严与崇高。例如《世事如烟》中90多岁的算命先生，为了满足自己的私欲，不惜卖掉自己的六个女儿，出售自己女儿的尸体。此外，他不仅靠克死儿子来延长自身的寿命，甚至还通过认养别人家的小孩和诱拐无知少女来为自己续命。再如《四月三日》中，主人公无意之中

---

① 彭茜．余华、莫言、苏童：中国当代文学的韩国“版图”．国际先驱导报，2014-06-26.

② 张乃禹．韩国文化语境中的余华．小说评论，2013（4）.

发现他周围的人准备在他四月三日生日的时候对他实施阴谋，更没想到的是，参与实施的人中竟然有他的爸爸。《许三观卖血记》则更多地体现了父爱的一面，可以说是父亲形象的回归。

从对父亲形象的颠覆到父亲形象的回归，余华的这种转变与其人生经历有着密切的关系。1993年8月27日，余华的儿子出生，这带给余华前所未有的快乐。他曾在《儿子的影子》一文中向我们表达了这种愉悦的心情："我感到拥有一个儿子真是快乐无比，他形象的成长和声音的变化给了我无数实实在在的快乐后，在夜晚的灯光下，他的影子又给了我很多虚幻的快乐，而且是无法重现的快乐。"① 在儿子出生以后，余华才明白做父亲是这样一种感觉，他必须要学会承担家庭责任，学会养家糊口，因为他已经是一名父亲了，一个新的生命正在追随着他。从儿子到父亲身份的转换，不仅让余华意识到自己要承担一个父亲的责任，更让他对父亲以及父与子之间的关系有了更加深刻的理解。例如，儿子与他的对抗让余华意识到，儿子在长大成人之后终会明白父亲，他在《父与子之战》中写道："人生就像是战争，即使是父子之间也同样如此。当儿子长大成

① 余华．儿子的影子//没有一条道路是重复的．上海：上海文艺出版社，2004：16.

人时，父子之战才有可能结束。不过另一场战争开始了，当上了父亲的儿子将会去品尝作为父亲的不断失败，而且是漫长的失败。”[①]

① 余华．父与子之战．半月选读，2008（24）．

历史的寓言

在历史的空间里叙述苦难是90年代余华创作的一大特点，而这种特点在《许三观卖血记》这部小说中尤为突出。该小说具有丰富而深刻的寓言性，通过一个简单的故事，对中国社会的历史与民间生活进行追问。余华在《许三观卖血记》中所刻画的许三观正是在20世纪50至70年代的中国一个极其平凡普通的小人物形象。跟中国大多数底层大众一样，许三观自身有很多缺点，比如愚昧无知。在听信了根龙和阿方所说的“这水喝多了，人身上的血也会跟着多起来，水会浸到血里去的”[①]这个“偏方”后，许三观每次卖血之前都尽量让自己多喝水。这毫无科学依据的偏方对一些稍微有些科学常识的人来说都是荒谬的，而在许三观这个“大老粗”看来却是“真理”，是必须相信并严肃对待的。当听说一乐不是自己的孩子的时候，他对一乐的态度就发生了变化。全家人吃面条的时候，他把一乐

① 余华．许三观卖血记．北京：作家出版社，2012：8.

排除在外，不让一乐吃。当听说何小勇出车祸，生命垂危的时候，他没有一丝伤心，反而非常高兴地到处宣告。小说虽然有意淡化了历史，但历史却无处不在，无处不影响着许三观的生活。例如小说的第十八章，通过许三观与许玉兰的几次简单的对话，向读者真实地再现了1958年这个特殊时期人们的生活状态与情景：

许三观对许玉兰说：

“今年是一九五八年，人民公社，大跃进，大炼钢铁，还有什么？我爷爷、我四叔他们村里的田地都被收回去了，从今往后谁也没有自己的田地了，田地都归国家了，要种庄稼得向国家租田地，到了收成的时候要向国家交粮食……”

…………

许三观对许玉兰说：

“我今天到街上去走了走，看到很多戴红袖章的人挨家挨户地进进出出，把锅收了，把碗收了，把米收了，把油盐酱醋都收了去，我想过不了两天，他们就会到我们家来收这些了，说是从今往后谁家都不可以自己做饭了，要吃饭去大食堂。……”

…………

许三观对许玉兰说：

“前天我带你们去丝厂大食堂吃了饭，昨天我带你们去天宁寺大食堂吃了饭，今天我带你们去戏院大食堂吃饭。天宁寺大食堂的菜里面肉太少，和尚们以前是不吃荤的，所以肉就少。……”①

我们可以发现，小说虽然呈现历史事件，但不是由作者的叙述语言来完成的，更多的是由人物间的对话来呈现的。这些对话看似简单，却更容易展现和勾画不同时期人民的生活场景和当时人民的感受，让读者真实地感受到过去的历史。小说即便是表述历史时间，也不乏幽默，尤其是“前天我带你们去丝厂大食堂吃了饭，昨天我带你们去天宁寺大食堂吃了饭……”这样的幽默表达。

再如小说的第十九章，该章主要描述了许三观和许玉兰是如何渡过荒年的。余华通过许三观与许玉兰的对话展现了“三年困难时期”贫苦百姓的生活，以及人们对这种生活的看法：

许三观对许玉兰说：“这荒年来得真不是时候，要是早几年来，我们还会好些；就是晚几年来，我们也能过得去。偏偏这时候来了，偏偏在我们家底空了的时候来了。”

…………

---

① 余华．许三观卖血记．北京：作家出版社，2012：108-109.

> 许玉兰说：“床底下的米现在不能动，厨房的米缸里还有米。从今天起，我们不能再吃午饭了，我估算过了，这灾荒还得有半年，要到明年开春以后，地里的庄稼都长出来以后，这灾荒才会过去。家里的米只够我们吃一个月，如果每天都喝稀粥的话，也只够吃四个月多几天。……把玉米剥下来，自己给磨成粉，估计也有三十来斤，玉米粉混在稀粥里一起煮了吃，稀粥就会很稠，喝到肚子里也能觉得饱……”①

可以说，这段描写既展现了人与社会发展之间的关系，也刻画出了那个时代留在人们心中的印记，让人们看到了中华民族坚忍不拔的品质。

创作源于生活，余华对历史的描述也与他的生活体验有着密切的关系。许一乐在回家探亲后得肝炎的事情，在余华的现实生活中就同样发生过。余华有一个哥哥，在余华的叙述中，他的形象是，面黄肌瘦，左手拿着竹笛，右手拿着一个破旧的旅行袋，感觉有气无力的样子。“上山下乡”期间回来探亲，在家中待了几天，因为感觉全身无力，特别累，所以不想再回农村。在母亲的劝说下，他最终还是回到农村继续改造。在这位哥哥离开的当天，余华看到哥哥的母亲煮了几个鸡蛋放到他的

① 余华．许三观卖血记．北京：作家出版社，2012：113-114.

口袋中，而这位哥哥也是一边走一边流泪。没想到的是，这是余华见他的最后一面。后来没过几天，这位哥哥与《许三观卖血记》中的许一乐一样得了肝炎，昏迷不醒，被几个农民用门板抬进了县医院，但不像一乐那样幸运，等到送到县医院的时候，他的肝已经硬得像石头一样。他最后在去往上海医院的路上死去了。

再如，余华曾在《许三观卖血记》的序言中提及一个感人的故事：一个孩子高中毕业要上大学，但是他的家里非常贫困，没有钱。为了供孩子上学，孩子的父亲不顾自己的健康，拼命凑到了孩子上学的学费。可惜的是，孩子在没有通知家长的情况下毅然决然地在中途退了学，并且不跟自己的父亲联系，只留下了一个永远无法打通的号码。即便是这样，父亲也依然记挂着自己的孩子，经常给那个无法打通的号码打电话。因为当时住的地方比较偏远，父亲每次打电话都要走三个多小时的路程。这个事情被媒体报道了出来。后来，在媒体的报道下，那个小孩被找到了，他不愿意暴露自己，只愿意和记者在网络上进行一次采访。余华也看到了这个报道，在他看来，这个故事反映了一些普通人的生活，这个父亲和许三观一样，就是一个平凡普通的父亲。这个故事也影响了余华的创作，他曾在《许三观卖血记》英文版的自序中写道："我知道是中国的历史和现实养育了我的写作……我相信是那位父亲每次都要走上三个多小时的路途去拨打那个不存在的电话号码，是这样的细节让文学在现实生活和历史事件里脱颖而出……这就是为什么生活和事件总是转瞬即逝，而文学却是历久弥新。我希望《许三观卖血记》就是一部这样的小说。”[①]

美国《波士顿环球报》曾评价《许三观卖血记》道：“没有一个多余的词语……在余华感人肺腑的小说《许三观卖血记》中，没有绚烂的情节，只有一个简单的故事，一个民间故事：一个中国家庭忍受贫穷、饥荒……这听起来似乎很严峻，或者很糟糕，但余华令人惊悚而滑稽的风格使小说避免了感伤主义的情调……”[②] 意大利《新报》也介绍了《许三观卖血记》，并称赞道：“余华清醒地认识到自己的历史使命，以深入浅出的手法和充满智慧和讽刺意味的笔锋描绘了那一特殊年代的场景。”[③]

【经典品读】

张清华教授对《许三观卖血记》的评价

它在许多细节上也是富有历史的启示性的，像许玉

① 余华．许三观卖血记．上海：上海文艺出版社，2004：前言．
② 余华．许三观卖血记．北京：作家出版社，2012：255-256.
③ 同② 260.

兰被强行充作“妓女”然后又痛遭家人的“批斗”一节，可以说是对历史的虚构性与暴力性本质的生动揭示。毫无疑问，余华对历史的简化所导致的结果，是历史内涵的更趋丰富和多面。我们当然可以说余华回避了当代历史的某些敏感的部分，但他同样用“虚伪”的担承方式，实现了“高尚”的主题理念。他的值得推崇之处在于，他不是着眼于历史的“社会性”构成，而是力图将之还原于“个体”的处境，还原到“人”本身。这样他的作品可能削弱了一般意义上的“道德力量”，但却获得了更久远的“人性力量”。在这方面，我相信余华是真诚的，虽然他“不喜欢中国的知识分子”，但他的作品中无疑也饱含了历史的良知和理想的情怀。他秉笔直书，把锋芒直插到现实、历史和生存的最疼处。与此同时，他又不是一个简单地从道德意义上面对历史与血泪的作家，而是一个从存在的悲剧与绝望的意义上来理解人性与历史的作家。这是他的高度所在和真诚品质的另一体现。①

① 张清华．文学的减法：论余华．南方文坛，2002（4）．

重复的诗学

不断的重复也是《许三观卖血记》的特点之一。在《许三观卖血记》中，余华不断地对主人公许三观卖血的经历进行重复叙述。许三观一共卖了12次血，看似只是重复卖血这么简单，但每次卖血的经历和原因都有所不同：有时是为了给儿子一乐补身体而卖血，有时是为了给情人买礼物而卖血，有时单纯是因为好奇或想吃猪肝、喝酒而卖血。除了重复卖血这件事情之外，卖血前后的情形都颇为相似：每次卖完血，主人公许三观都会去吃一盘猪肝，喝二两黄酒，黄酒还必须要温一温。小说的结尾，许三观最想要的依然是"一盘猪肝，二两黄酒，黄酒给我温一温"。随着卖血情节的不断重复，许三观卖血的价值与意义也在不断地升高。正是情节的重复，凸显了卖血背后的无奈，让读者更能感受到许三观这个人物的苦难与悲情。

除了情节的重复之外，《许三观卖血记》在处理对白时也使用了重复的方法。一次次重复的话语，不但可以提升小说整体的流畅感，使得整部小说就像是一曲流动的音乐，而且能够展现人物的性格与态度，增强内容表现的张力，提升作品的感染力。例如，小说的第五章提到，一乐长得不像许三观，反而越长越像何小勇，这样的言论传到了许三观的耳朵里。在许三观的逼问之下，许玉兰承认了。许三观这时才明白，原来一乐是何小勇的孩子，不是自己的亲生儿子。于是有了后面的对话：

“许三观，家里没有米了，只够晚上吃一顿，这是粮票，这是钱，这是米袋，你去粮店把米买回来。”

许三观说：“我不能去买米，我现在什么事都不做了，我一回家就要享受。……你还想让我去买米？你做梦去吧。”

…………

许玉兰说：“许三观，我正在洗床单，这床单太大了，你帮我揪一把水。”

许三观说：“不行，我正躺在藤榻里，我的身体才刚刚舒服起来，我要是一动就不舒服啦。”

许玉兰：“许三观，你来帮我搬一下这只箱子，我一个人搬不动它。”

许三观说：“不行，我正躺在藤榻里享受呢……”

许玉兰说：“许三观，吃饭啦。”

许三观说：“你把饭给我端过来，我就坐在藤榻里吃。”[①]

对话非常简洁，却生动地展现了许三观知道一乐不是自己亲生儿子后的委屈、愤怒，以及许玉兰与许三观的关系从融洽转为冷漠。受到打击之后，许三观想要爆发却又无处爆发，所以无论许玉兰要求许三观做什么事情，许三观都毫不犹豫地拒绝。这些重复的对话将许三观的愤怒展现得淋漓尽致，冲突不断锐化，读者也更容易感受到人物的情绪与人物间的关系。

再如小说中许玉兰的多次哭喊，也可以算作一种重复。第一次，当许三观询问许玉兰是否听到别人说一乐像何小勇的时候，许玉兰坐在门口大哭，一边流着眼泪，一边摇着头说：“我前世造了什么孽啊？我一没有守寡，二没有改嫁，三没有偷汉，可他们说我三个儿子有两个爹，我前世造了什么孽啊？我三个儿子明明只有一个爹，他们偏说有两个爹……”[②]许玉兰既不否定也不肯定，而是通过这样的哭喊来掩饰自己的心虚，达到先发制人的效果。还有一次哭喊是一乐把方铁匠的儿子打了，许玉兰找何小勇帮忙，何小勇不但不帮，反而还羞辱她。许玉兰找许三观，想让许三观拿刀劈了何小勇，帮她报仇，许三观果断拒绝。这时，许玉兰哭喊道：“我前世造了什么孽啊？

---

① 余华．许三观卖血记．北京：作家出版社，2012：41-42.

② 同① 36.

今生让何小勇占了便宜，占了便宜不说，还怀了他的种；怀了他的种不说，还生下了一乐；生下了一乐不说，一乐还闯了祸……”[①]还有，许玉兰知道许三观和林芬芳的事之后，找许三观理论，许三观却认为自己和林芬芳的事情没有什么，反而觉得许玉兰的事情比他的更严重，所以他就对许玉兰说：“我和你都犯了生活错误，可你的错误比我严重。”许玉兰听到许三观的话之后既生气又委屈，所以又哭喊道：“你这个人真是禽兽不如，本来我已经忘了你和那个胖骚娘们的事，你还来提醒我。我前世造的孽啊，今世得报应……”[②]许玉兰每次哭喊的内容都差不多，而且都要说一句：“我前世造了什么孽啊？”正是这些重复的细节突出了人物的性格，强化了情感的节奏性，为小说带来了一种回环往复的特有的审美韵味。

《许三观卖血记》的重复叙述主要源于《马太受难曲》的启发。《马太受难曲》是德国作曲家巴赫的代表作之一。余华在第一次听到由加德纳与蒙特威尔共同演绎、门德尔松指挥的这部作品时，就深深地被它吸引了。对于余华来说，《马太受难曲》这部作品最吸引人的地方，并非其真实地再现了耶稣被害的情景，歌颂了人类的世俗化的感情，而是在于它重复的叙事。这部作品虽然音乐宏大，曲子的长度近三小时，但里面

---

① 余华．许三观卖血记．北京：作家出版社，2012：65.

② 同① 107.

的旋律却不过是两首歌的旋律。这两首简洁的歌曲、这几行单纯的旋律，不断地通过独唱、对唱、合唱等多重方式进行交换与重复。曲子看似简洁、单纯，却能够直戳人心。在一次采访中，余华还曾提到，《马太受难曲》简洁、单纯的风格不禁让他想起了鲁迅的作品，尤其是鲁迅作品里的速度。余华认为，鲁迅的速度“不仅存在于叙述中，叙述非常地快，迅速，同时也存在于阅读中，你能够一下子就进入了，感到就像是一把匕首插进来，没有任何多余的东西，什么磨磨刀啊，晃一晃啊，吓唬吓唬啊，说一些废话，没那么多，直接进来了”[①]。在《马太受难曲》的启发下，余华尝试在《许三观卖血记》中运用了重复的手法。

值得一提的是，虽然《许三观卖血记》的对话在不断地重复，但这种重复表现手法的运用却不显多余，而是更逼近唱词的形式。其实，人物的嬉笑怒骂以及对话大都以对唱的形式表现出来。小说的对话语言如戏曲唱词一样，富有韵律感。余华的这种富有韵律感的叙述手法主要是受到了越剧的影响。在创作《许三观卖血记》之初，余华突然发现人物的对话才是整部小说叙述的重点，于是开始重视对话的写作。于是，余华开始想到将浙江的越剧的腔调融入人物的对话中，“让那些标准的汉

---

① 余华，洪治纲．阅读、音乐与小说创作．作家，2004（11）．

语词汇在越剧的唱腔里跳跃”[①]。越剧，中国第二大剧种，发源于浙江。从小在浙江生活的余华对越剧并不陌生。越剧的语言丰富生动，内容也是人民群众喜闻乐见的，对话的叙述方式是越剧最基本的特色，以一问一答的形式构成了整个故事。此外，越剧是由说唱艺术发展来的地方戏剧，细致的人物感情是通过唱词来表现的。《许三观卖血记》中可以找到许多越剧的影子，除了对话的叙述方式之外，小说中重复的表现手法和民间词汇的选择都与越剧有着密切的关系。

越　剧

越剧是中国五大剧种之一，发源于浙江绍兴一带，由当地的说唱艺术“落地唱书”发展而来，主要流行于浙江、上海、江西等地。最早唱越剧的是兼农兼艺的男性农民，称为男班。1923年，我国越剧开始出现女班。该剧的剧目大都以“才子佳人”为主，主要剧目有《梁山伯与祝英台》《孔雀东南飞》《文成公主》《西厢记》《五女拜寿》等。越剧擅长抒情，具有江南婉约灵秀之气，唱腔独具特色。唱腔由曲调和唱法两大部分组成，主要曲调有四工调、尺调、弦下调等。目前公认的

① 余华，杨绍斌.“我只要写作，就是回家”：与作家杨绍斌的谈话.当代作家评论，1999（1）.

越剧派别有尹桂芳的尹派、徐玉兰的徐派、范瑞娟的范派等。2006年5月，越剧被纳入国家级非物质文化遗产名录。

【我来品说】

1. 你如何看待《许三观卖血记》中许三观无私的父爱?

2. 你能否从上述的叙述中总结出为什么《许三观卖血记》被称为重复的诗学?

第七章

『我只知道人是什么』

导读

2017年，余华在米兰期间写下了题为“我只知道人是什么”的杂文，并将自己的全新杂文集的题目也命名为“我只知道人是什么”。“我只知道人是什么”到底是什么意思？在余华看来，人是什么？余华在小说中如何书写人性？本章将带你一起探寻。

自从有了人类文明，人们就不断地思考和探讨“人是什么”这个问题。要回答这个问题，并且能说出“我只知道人是什么”这句话，并不是一件简单的事情。人与人性一直以来都是余华创作的主题之一，从他的小说中，我们不仅看到了人性的光辉，也看到了人原始的欲望，感受到了人性的复杂。余华对“人是什么”的思考以及对人性的探索，值得今天的我们学习与借鉴。

何谓“我只知道人是什么”？

2017年，余华在米兰期间写下了以“我只知道人是什么”为题的杂文，并将自己的全新杂文集的题目也命名为“我只知道人是什么”。

“我只知道人是什么”原为二战时期一位波兰农民说过的一句话。2010年5月，余华在一次偶然的机会中得知这句话。当时的余华在耶路撒冷参加国际文学节，得空参观了当地的犹太人大屠杀纪念馆。这个纪念馆是全世界最大的大屠杀纪念馆，4 000多平方米，共有10间展厅，有死难儿童纪念馆、名字堂等，不仅有大屠杀受害者及幸存者的介绍，还有一个巨大的圆锥状的屋子，屋里贴满了在大屠杀中死亡者的遗像。其中设有一个国际义士区，主要是为了纪念在大屠杀期间为挽救犹太民族做出贡献的国际友人，我国的外交官何凤山的纪念碑也在国际义士区里。国际义士区中专门用雕塑记录下了二战时期帮助过犹太人的国际义士的事迹。此外，这些义士说过的话也被镌刻在石头上。

在众多的话语之中，有一个波兰人的话引起了余华的注意。这个波兰人只是一位普通的农民，在大屠杀期间他帮助了一个犹太人逃离屠杀，将这个犹太人藏在家中的地窖里，直到二战结束。当人们把这位农民请到耶路撒冷，询问他是什么原因让他全然不顾自己的生命去帮助和拯救那个犹太人时，这位普通的波兰农民回答道：“我不知道犹太人是什么，我只知道人是什么。”①

“我只知道人是什么”，这句朴素的话让余华感觉非常震撼。在此之后，余华的随身翻译告诉了他一个真实的故事。这位随身翻译是一位以色列人，他的叔叔是犹太人大屠杀的幸存者。因为集中营的生活是一段可怕的经历，所以这位翻译的叔叔原本和其他幸存者一样，一直不愿意提及这段往事。直到晚年在他儿子的鼓励之下，这位翻译的叔叔才终于说出了这段经历。

当时，这位翻译的叔叔还是一个孩子，不幸被抓进集中营生活了一段时间。有一天，几名军官出于好玩的目的，就拿这些被抓的犹太人做游戏。这些军官让所有的犹太人排成一排，然后一名军官随意报一个数字，另一名军官则根据所说的数字向相应的犹太人扣动扳机。例如，军官报了数字“3”，那么

---

① 余华．耶路撒冷&特拉维夫笔记//没有一种生活是可惜的．西安：陕西师范大学出版总社，2019：202.

站在第3位的犹太人将会被打死，然后再往下数到“3”，再开枪。有一次，军官报的数字为“7”，而这位翻译的叔叔正好就是第7位。为了保护只有10岁的儿子，站在一旁的叔叔的父亲在军官接近儿子的时候，悄悄把儿子拉了过去，和儿子换了一个位置。于是，这位叔叔的父亲就倒在了自己儿子的面前，而翻译的叔叔幸存了下来。

在余华看来，知道人是什么并且能说出“我只知道人是什么”这句话并不是一件简单的事情。这位波兰农民虽然接受的教育不多，却清楚地知道人是什么，他之所以能够不顾生命危险去挽救一个犹太人的生命，将这个犹太人藏在家中，就是因为他懂人。他的英勇行为让人们看到了人性的力量。在波兰农民“我只知道人是什么”这句话的启发下，余华对“人到底是什么”这个富有哲学意味的问题有了更深层次的思考。其实，不管是文学还是艺术，它们虽然包罗万象，但最重要的还是人，是要解决“人到底是什么”的问题。余华在《我只知道人是什么》一文中写道：

“我只知道人是什么”这句话说明了一切，我们可以在生活里、在文学和艺术里寻找出成千上万个例子来解释这句话。无论这些例子是优美的还是粗俗的；是友善和亲切的，还是骂人的脏话和嘲讽的笑话；是颂扬人的美德，还是揭露人的暴行——在暴行施虐之时，人性的光芒总会脱颖而出，虽然有时看上去是微弱的，实质却无比强大。[1]

除了波兰农民的事迹，还有一件事情也加深了余华对于这句话的理解。2014年，余华前往意大利的维罗纳参加了一场特殊的文学活动，这场活动内容是和当地的一家精神病院里的患者进行一场文学交流。在此之前，余华并没有去精神病院做过演讲。活动当天，余华首先拜访了精神病院的院长，院长不仅亲自招待了余华，还告诉余华：即便是精神病患者，他们也需要文学和艺术。为此，精神病院每年都会特别邀请不同的艺术家或者是作家来这里与病人交流。交流会快要开始的时候，余华跟随院长来到了会议室，里面坐满了精神病患者，共有30多位。这时，余华发现有一位男士站在门附近，像管理员一样审视着会议室里的患者。因为这个人看起来一点都不像患者，所以余华一直觉得他是管理员。交流活动开始之后，余华让所有在场的人问自己问题，文学的或者是非文学的都可以。无论是自我介绍，还是简单的文学知识，余华都耐心地回答。在这场活动快要结束的时候，这位看起来像管理员的患者向余华提了两个问题。第一个问题非常简单：在中国当作家的感受是什么

① 余华．我只知道人是什么．南京：译林出版社，2018：3.

样的？第二个问题则是：你生活在意大利的哪个城市？听完了第二个问题之后，余华才发现，原来这个他认为的“管理员”并不是真的管理员，也是精神病患者。这件事情让余华非常吃惊。在那一瞬间，余华突然想起鲁迅和莎士比亚这两位作家，正是因为他们真正懂得人是什么，他们才会写出《狂人日记》《维洛纳二绅士》这些常人难以企及的作品，创作出狂人、凡伦丁等经典人物。

余华自己曾经说过：“鲁迅和莎士比亚描写精神失常的人物时，说话都是条理清楚的，他们是通过话里表达出来的意思显示出这个人物已经失常的精神状态。不少作家描写精神失常的方式都是让人物说话语无伦次……这些作者以为用几页甚至十几页写人物自己不知所云的说话就可以让读者感受到这个人物精神失常了，这只是作者的一厢情愿。如果读者感觉到有人精神失常的话，也不会认为是作品里的人物，而是怀疑这个作者精神失常了。”[①] 在快要离开精神病院的时候，两对亲密无间的男女走向食堂的场景又让余华对人是什么有了重新的认识。这两对男女并不是夫妻，却非常亲密、幸福，因为他们有爱情，多年以后，余华对此依然记忆深刻。他曾在《我只知道人是什么》中提到：“我此前觉得精神病患者生活在一个黑暗的无

① 余华．我只知道人是什么．南京：译林出版社，2018：11.

底洞里，但是那两对男女亲密走去的身影改变了我的想法，因为那里有爱情。"[1] 这次的精神病院之行让余华明白，精神病患者也是人，他们并不是像人们所想的那样说话颠三倒四，他们也和正常人一样拥有爱情。

在余华看来，人和人的本性都是一样的，不论处于哪个国家、属于哪个民族、国家的语言有多不同，全世界的人都是相似、相通的。余华在《我只知道人是什么》中举过两个例子，一个是《许三观卖血记》的故事，还有一个是《笑林广记》的例子。1999年，《许三观卖血记》的意大利文翻译版在意大利出版以后，引起了广泛的讨论。有一位意大利读者对《许三观卖血记》中，许三观的妻子许玉兰只要不开心就会坐在门槛上哭诉和抱怨，将许一乐不是许三观亲生的事情说给大家听的故事印象深刻。她告诉余华，很多意大利那不勒斯的女性和小说中的许玉兰一样，只要觉得委屈，第二天就会坐到门口哭泣，爆料自己或家中的私事。还有一个例子，明清时期的笑话集《笑林广记》里讲述了这样一个笑话：有一个人想要过城门，但是因为他手上拿着长长的竹竿，所以不能轻易通过。他试了很多种办法，横着拿不行，竖着拿也不行。在他不知道怎么通过的时候，一位老者告诉他一个办法，那就是将竹竿折成两

① 余华．我只知道人是什么．南京：译林出版社，2018：16.

截。法国也有一个类似的笑话：一位司机要开车通过一个桥洞，但是因为卡车过高，所以无法通过。这时，一个行人告诉司机，只要把四个车轮卸掉，车就可以通过了。这两个笑话既不出自同一个时期，也不是同一个国家的作者创作的，但道理和笑点却极其相似。余华认为："应该说明了很多，我不清楚，别人也不清楚，也许有一点说明了，就是一句耳熟能详的口头禅——人都是一样的。"[①]

① 余华．我只知道人是什么．南京：译林出版社，2018：5.

小说中的人性书写

一个个真实的故事，不仅使余华对于人到底是什么以及什么叫作“我只知道人是什么”有了深刻的理解，也启发了他如何在艺术的创作中向读者传达他自己对于“人是什么”这个问题的理解，这才有了《现实一种》《在细雨中呼喊》《许三观卖血记》等经典作品的问世。

在《现实一种》里，余华通过对儿童皮皮的描写，深刻地向读者展现了人原始的“利我”本性。小说中山岗的儿子皮皮，一个四岁的小孩，还处在一种懵懂无知的状态。有一次，他看到躺在摇篮里的堂弟脸像棉花糖似的非常松软，便忍不住捏了堂弟的脸一下，结果堂弟就哭了起来。堂弟的哭声让四岁的皮皮非常开心，于是他就打了堂弟一个耳光。为了能够不断地听到堂弟的哭喊声，皮皮就不断地打小婴儿的耳光。有的时候堂弟哭声不够“动人”，皮皮就卡着堂弟的喉咙，逼迫堂弟发出哭声。有一天，皮皮心血来潮，带堂弟出去晒太阳。因为堂弟还不会走路，所以皮皮只能抱着他。走到屋外，堂弟为别人家烧煤的浓烟所吸引，看到浓烟之后高兴得哇哇大叫。皮皮对浓烟并不感兴趣，却对屋顶上叽叽喳喳叫着的麻雀非常感兴趣。为了使自己能够更加轻松，他毫不犹豫地松开了抱着堂弟的手，堂弟摔死了。从皮皮的身上，我们看到了人原始的“利我”本性，而这也是暴力产生的主要原因之一。

如果说在《现实一种》中余华向我们展现的是人的“利我”本性，那么在《我没有自己的名字》中，余华则让我们看到了人的“兽性”。小说中的“我”是一个傻子，靠给人送煤来维持生活。“我”本来有一个名字，叫作来发，但是镇上的人都不把“我”当成人来对待，而是当作一个畜生或是“非人”的存在，所以“我”就逐渐没有了名字。不论是老的、少的男人，都可以嘲笑“我”，并且自称是“我”的爹。除了“喂”叫得最多之外，镇上的人还叫过“我”“老狗”和“瘦猪”等。不管人们怎么叫，“我”都会答应。有一次，镇上的许阿三等人捏着又瘦又小的黄狗的脖子，把狗送到“我”的面前侮辱“我”，说要将这只小黄狗嫁给“我”，完全不把“我”当作人。不仅如此，这些人还把和“我”相依为命的小黄狗掐死，并准备把它炖了，吃掉它。小说的最后写道：“我一个人想了很久，我知道是我自己把狗害死的，是我自己把它从许阿三的床底下叫出来的，它被他们勒死了。他们叫了我几声来发，叫得我心里咚咚跳，我就把狗从床底下叫出来了。想到这里，我摇起了头，我摇了很长时间的头，摇完了头，我对自己说：以后谁叫我来发，我都不会答应了。"[1]这段话不仅让我们看到了人的悲剧，更将人的"兽性"淋漓尽致地展现在读者的面前。

还有《兄弟》，这部小说用喜剧的方式讲述了人们在金钱和人性陷阱里的挣扎，展现了社会转型中人性的本质。小说中的宋钢，为了满足自己对金钱的欲望，不仅南下卖假的男性保健药，还和骗子一起推销别的产品。最后，他为了做生意，甚至还做了隆胸手术。他所做的一切都是为了满足他的金钱欲，为了他的发财梦。除此之外，李光头在厕所里偷窥的事件也展现了人的欲望。值得一提的是，有一位法国女记者在一次访问中提到李光头的偷窥故事，并向余华谈起法国男人如何在厕所里偷窥。余华询问女记者为什么法国男人会去厕所偷窥，这位记者回答道："这是你们男人的本性。"[2]女记者的回答说明了无论在哪个国家，人性都是相通的。当然，这也说明余华对人性的阐释具有世界性的价值与意义，这既是余华作品的经典所在，也是我们今天阅读余华的意义所在。

人既有"利我"的本性与反抗的一面，也不乏单纯、善

---

① 余华．我没有自己的名字．昆明：云南人民出版社，2002：38.
② 余华．我只知道人是什么．南京：译林出版社，2018：6.

良的一面，而这正是人性的复杂之处。在一次访谈中，余华曾提及关于人的单纯与力量的看法，并提到一个故事带给他的震撼：

……讲到一个人，有非常多的财产，有一天这个人突发奇想，带着全家人去了一个遥远的地方，把自己的全部家产托付给了一个他最信任的仆人。他在外面生活了二十年之后，他老了，想回家了，就派一个仆人回去，告诉原来那个管理他家产的仆人，说主人要回来了，结果报信的仆人被毒打了一顿，让他回去告诉主人不要回来。可是主人不相信这个结果，他认为自己不应该派一个不够伶俐的人去报信，于是就派另一个仆人回去，这一次报信的仆人被杀了。他仍然不去想从前的仆人是不是已经背叛他了，他把自己最疼爱的小儿子派去了，可是儿子也被杀害了。一直到这个时候，他才意识到，过去的仆人已经背叛他了。这个人向我们展示的不是他的愚笨，而是人的力量。他前面根本不去考虑别人是否会背叛自己，人到了这样单纯的时候，其实是最有力量的时候。①

一个故事让余华感受到了什么叫作人的力量——人单纯时

① 余华，杨绍斌．“我只要写作，就是回家”：与作家杨绍斌的谈话．当代作家评论，1999（1）．

候的力量。在《我胆小如鼠》《我没有自己的名字》《活着》《兄弟》等作品中，余华也充分展现了这一点。例如，在小说《我胆小如鼠》中，主人公杨高和前面故事里的人一样，极其单纯，并且非常信任他人。杨高的母亲经常在别人的面前夸赞他，说："我们家的杨高是最老实巴交的，他听话，勤快，让他干什么，他就干什么，他从来不到外面去闯祸，从来不和别人打架，就是骂人的话，我也从来没听到过……"[①]因为单纯，杨高从来都循规蹈矩，每天上班从不迟到早退，严格按照工厂规定上下班。为此，其他经常上班迟到、下班早退的同事还笑话他。别人觉得他是因为胆小才准时上下班，他自己却觉得他不是胆小，而是老实巴交。吕前进和杨高同一时间进的工厂，但是吕前进的工资一直在涨，杨高的工资却还一直停留在原地。有一次，吕前进问杨高是不是因为胆小不敢找厂长说涨工资的事情，杨高却说："我不去找厂长，不是因为我胆小，我是觉得自己挣的工资够用了，所以我不怕自己的工资比你少。"[②]

再如《兄弟》，小说不仅展现了人性的丑陋，更向读者展现了人性的单纯与善良。《兄弟》中的宋凡平，他虽然生活在水深火热之中，却仍然保有一份善良。在李兰因丈夫不幸身亡而抑郁寡欢的时候，是他告诉李兰抬起头来，帮助李兰重拾

① 余华．我胆小如鼠．北京：新世界出版社，1999：6.
② 同①18.

信心；因为和李兰结婚，他被人嘲笑，原以为他会抬不起头，但没想到在婚礼的第二天，他就带着李兰和全家人一起逛街，而且碰到认识的人就跟人家大声打招呼，向人介绍说“这是我妻子”“这两个都是我儿子”[①]；被批斗之后，他仍然能够笑着为孩子做饭，带孩子出去玩耍。“宋凡平是一个快乐的人，他被人揍得鼻青脸肿，他一笑就会满脸疼痛，可他仍然哈哈大笑。”[②]这是对宋凡平最准确的概括。通过宋凡平这个人物，余华向我们展现了什么叫作“我只知道人是什么”，什么是暴力世界里的善良。正如余华说的：“在暴行施虐之时，人性的光芒总会脱颖而出，虽然有时看上去是微弱的，实质却无比强大。”[③]

还有小说里的苏妈和陶青。当宋凡平不幸在汽车站死亡时，苏妈毫不犹豫地站出来，拉出了自己的板车，帮宋凡平收尸。陶青不仅把去世了的宋凡平拉回了家，而且默默帮助宋钢、李光头两兄弟，让两兄弟有事就去红旗巷找他。宋凡平、苏妈和陶青等人物，让我们看到了人性深处的善良，看到了没有泯灭的悲悯之心。

不论是描写人性的欲望，还是展现人性的善良，余华为的

---

① 余华．兄弟．北京：作家出版社，2008：62.
② 同① 42.
③ 余华．我只知道人是什么．南京：译林出版社，2018：3.

都是展现人性的复杂，努力让自己的作品更加接近于真实——一种精神、意志的真实。

2021年，时隔八年，余华发表了新作《文城》，这部作品发表之后便受到了广泛关注，入选《当代》长篇论坛2021年度长篇五佳、2021年度“城市文学”排行榜等多个排行榜的榜单。余华新作之所以广受好评，不仅仅是因为它的语言和想象力，更主要的是它又一次展现了余华对“人”的叩问。

《文城》这部新作充满了一种虚无缥缈、动人心魄的诗意。尤其是小说的名字“文城”，这个名字在小说出版以后引发了读者的广泛讨论。其实，小说的名字原本不叫“文城”，而是叫“南方往事”。在写作的过程中，余华一直觉得“南方往事”这个题目不够贴切，于是便和妻子商量。后来，在妻子的建议下，小说的名字定为“文城”。“文城”这个题目就是一个更开放、更虚无的题目。余华之所以将小说的题目定为“文城”，就是想告诉读者这个“城”是不存在的，给人一种虚无缥缈的诗感。整部小说都是围绕着这个根本不存在的地方“文城”而展开的。小说中，有一天，一男一女来到林祥福家，自称为兄妹，男的叫阿强，女的叫纪小美，来自文城，准备前往京城投靠在恭亲王府上班的姨父，想在林祥福家借宿。没想到这就是一个骗局，两人也根本不是兄妹。后来，林祥福和纪小美结了婚，妻子纪小美两次离开他。在妻子离开他之后，主人公林祥福终其一生都在寻找妻子纪小美随口编造的虚构之地“文城”，没有人明白他为什么找一个完全不存在的地方，甚至林祥福自己都不清楚为什么一定要找到这个地方。可以说，林祥福不像是主动要去寻找“文城”，而像是被某种东西牵引着、诱动着去寻找。此外，“文城”到底在哪里？阿强和纪小美为什么要编造“文城”这个地方呢？仅仅是为了偷走林祥福家的金条吗？如果不是，那又是为什么呢？可以说，正是这一系列问题赋予了整部作品一种捉摸不定的诗意。

“文城”更像是一则生命的寓言，是由想象补缀而成的精神乌托邦，它预示着人们永远实现不了的理想不过是一种海市蜃楼。《文城》主人公林祥福终其一生都在寻找妻子纪小美随口编造的虚构之地“文城”的故事，一是喻示了人生是一场无尽无望的等待，体现了人生最大的苦难莫过于虚无和徒劳。二是表明人在乱世之中，谁都无法独善其身。即使林祥福没有离开北方来到南方，他也不可能过上安稳的日子。三是反映了人性中的真、善、美。小说主人公林祥福是一个重情重义、善到极致的人物，好心收留阿强和纪小美，给很多人免费修理门窗，孤身一人拿着赎金去救溪镇商会会长顾益民。可以说，“文城”这座城象征着人性的美好，告诉人们人性中的真、善、美会在中华大地上永远传承下去。《文城》反映了人世间最重要的主题——信、守、爱、仁、义，体现了余华对人的关怀。中国人民大学文学院杨庆祥教授非常看好《文城》，一开始在听到“南方往事”和“文城”这两个书名的时候，以为“南方往事”名字会很“虚”，“文城”则更偏向于现实。但在读完《文城》之后，他发现“文城”这个书名更“虚”，更适合这部新作。杨庆祥曾在《〈文城〉的文化想象和历史曲线》一文中评价道：“‘文城’作为一个虚化的地名，承载着主人公的希望和信念，以此余华扩大了他写作的地理，由北及南，又由南向北，其内在精神的指向，却是超越了地域的一种民族共同性：坚韧、信守、重义、互助。这是《文城》的隐喻，也是一种文化生生不息的秘密。”[①]

《文城》出版以后，很多出版方将《文城》和《活着》进行比较，将小说的主人公林祥福与福贵进行对比，认为两位主人公的命运具有一致性。在余华看来，《文城》和《活着》是两种截然不同的小说，不能进行简单的对比，《文城》更像是一部区别于写实作品的戏剧性传奇小说。他在接受“澎湃新闻”、《南方周末》、《新民周刊》等媒体采访时多次强调：“《文城》的叙事立场与《活着》不一样。《活着》是写实主义的叙述，《文城》是借助了传奇小说叙述方式，它的叙述是戏剧性的。”[②]其实，余华早期写武侠小说、侦探小说和才子佳

① 杨庆祥.《文城》的文化想象和历史曲线.文学报，2021-03-08.

② 张英.余华说《文城》：不要重复自己.新民周刊，2021（19）.

人小说的时候就已经想过要创作一部传奇小说，但是后来放弃了。直到《文城》创作之初和修改的时候，余华才渐渐意识到这部新作中的很多人物都充满戏剧性的色彩，这就是他想创作的传奇小说。

当然，不可否认的是，《文城》作为余华时隔八年的新作，与小说《活着》《许三观卖血记》的故事有相似之处。主人公林祥福和《活着》的主人公福贵一样都经历了很多苦难，他五岁失去了父亲，十九岁失去了母亲，和纪小美结婚后被妻子卷走了大部分财产。妻子纪小美发现自己怀孕后，回到了他的身边，之后生下了女儿。好不容易以为自己的幸福生活开始了，纪小美又一次消失不见。林祥福只好带着女儿开启了寻妻之路，找妻子纪小美随口编造的虚构之地“文城”。不仅是林祥福，小说中的其他人物也有不幸的经历。例如林祥福的合作伙伴陈永良，因为连年干旱，不得不带着妻儿背井离乡，逃到较为富裕的溪镇；陈永良的儿子陈耀武一开始不幸少了一只耳朵，后来又被别人骗到国外做劳工。再如溪镇商会会长顾益民，好不容易才被人救出险境，儿子也可以说是杳无音讯。必须指出的是，虽然《文城》的人物设定与余华以往作品中的人物存在相通的地方，但也正是这种“重复”凸显了余华作品的可贵和魅力，体现了余华从始至终对“人”的关心和对“生命”的叩问。

【经典品读】

《文城》（节选）

林祥福的离去使阿强如释重负，他觉得危险已过，此后的几天他坐在天井里的时候，嘴角偶尔会出现一丝笑意。小美则是心事重重，从缠绕她的苦闷里出来后，又陷入到深不见底的失落中，林祥福怀抱女儿已是近在咫尺，她却没有见上他们一眼，尤其是女儿，屈指算来，离别已有八个多月，她离去时女儿尚在睡梦中，襁褓中的女儿躺在偌大的炕上显得那么的小巧，现在女儿应该长大了一些，应该有了一点俏丽的模样……她后悔没有走上街去，躲在拐角处偷偷看看他们，她想象这样的情景，女儿看见她了，张着嘴对她笑了又笑，然后林祥福看见她了，林祥福对她宽厚而笑，没有一丝责怪的神情。

阿强不知道小美的心事，以为小美仍在担忧之中，他对小美说：

“他越走越远，去找寻文城了。”

阿强说到文城，小美不由再问：“文城在哪里？”

阿强说：“总会有一个地方叫文城。”

这个虚无缥缈的文城，已是小美心底之痛，文城意味着林祥福和女儿没有尽头的漂泊和找寻。[1]

【我来品说】

1. 你怎么看待“我只知道人是什么”这句话？你对人和人性有什么独特的理解？

2. 你认为余华小说对人性描写的经典性以及深刻之处在什么地方？通过余华的小说，你对人性有了哪些更深层次的理解？

① 余华．文城．北京：北京十月文艺出版社，2021：330-331.

第八章

『乐迷』余华的音乐叙事

导读

与米兰·昆德拉、村上春树、赫尔曼·黑塞等作家一样，余华也是一名狂热的音乐爱好者。在他的散文随笔中，多次提及他对音乐的看法以及音乐对他写作的影响。余华自己曾说：“音乐影响了我的创作。”那么，余华是怎么和音乐结缘的呢？音乐对余华的创作有何影响？本章将带你一起探寻。

音乐与文学自古以来就是相通的。古往今来，很多文学创作都在有意无意间受到音乐的影响。例如，沈从文除了喜欢听民歌之外，还曾在创作中融入大量的民歌。听音乐也是余华的一大爱好，在他看来，音乐不仅能让他感受到爱的力量，更启发和加深了他对文学与音乐、文学的叙述与音乐的叙述关系的思考。

与音乐结缘

余华第一次与音乐结缘，还是在读初中的时候。一开始，他并不是对音乐感兴趣，而是迷上了简谱。在一次音乐课上，余华接触到了简谱，看到熟悉的歌曲变成简谱印在纸上，仿佛述说着声音的故事，颇具神秘感，余华被深深地吸引了，从简谱及音乐中感受到从来没有过的生活乐趣。由此，他开始学着作曲，甚至将数学方程式、化学方程式、鲁迅的《狂人日记》写成简谱。当时所编的简谱写满了一本作业簿。这是余华第一次创作音乐，也是他一生里唯一的创作音乐的经历。虽然那时的余华对创作音乐一无所知，也不清楚自己所编的谱子会形成什么样的歌曲，但是对于还是学生的他来说，只要完成它，并且让它看起来像一部作品，他就已经心满意足了。直到现在，余华还会偶尔想起青春年少时所作的混乱简谱，并感慨于岁月的流逝。

1993年冬天，余华分到了一套房子，这套房子有两个房间，中间有一个像过道的客厅。因为有空间了，余华就买了一套组合音响。这套音响是由美国的音箱和英国的功放以及飞利浦的CD机组装起来的。一开始，余华只是想附庸风雅，为了在跟朋友讨论音乐时也能搭上话，才购买了这套音响。但没想到的是，余华却被乐曲中散发的独特音乐魅力吸引。在《音乐影响了我的写作》这篇随笔中，余华曾说：“音乐一下子就让我感受到了爱的力量，像炽热的阳光和凉爽的月光，或者像暴风雨似的来到了我的内心，我再一次发现人的内心其实总是敞开着的，如同敞开的土地，愿意接受阳光和月光的照耀，愿意接受风雪的降临，接受一切所能抵达的事物，让它们都渗透进来，而且消化它们。”①

在此之后，余华便疯狂地热爱上了音乐，尤其是西洋古典音乐。从一开始接触到的巴赫的《英国组曲》、鲁宾斯坦所奏的肖邦的《夜曲》、布鲁克纳的《第七交响曲》到希曼诺夫斯基的《圣母悼歌》，从舞曲到交响乐，余华都有涉猎。只要是可以坐下来静心听的时候，他就抓紧一切时间来欣赏音乐，有时可以从早晨起床一直听到深夜——到了深夜，他就用耳机听。为了搜集唱片，他走遍了北京大大小小的唱片店。在短短半年的时间里，他就在熟悉唱片的朋友的帮助下购置了400多张音乐CD。如今，余华已经搜集了近1 000张唱片。在这些唱片

① 余华．音乐影响了我的写作//音乐影响了我的写作．北京：作家出版社，2012：6.

中，余华购置的最大的一套是巴赫的唱片全集，总共有148张。有一次，《北京青年报》的青年记者陈年为了采访余华，亲自到其位于北京五棵松附近的住处拜访他。结果，采访到一半，余华突然离开，将陈年单独留在一个小黑屋内，给他听巴赫的作品。等到陈年听了半个小时以后，余华又返回房间询问其听后的感受。可见，当时的余华对音乐有多痴迷。

在众多的古典音乐家中，余华非常尊敬和欣赏俄罗斯作曲家柴可夫斯基。在余华看来，柴可夫斯基一生都在真诚地表达自己，真实地了解自己，应付自己与现实的紧张关系，他的音乐作品不仅充满了一种痛彻心扉的绝望，更将作曲家自己生命的声音、人内心的痛苦以及作曲家与现实之间的敌对关系赤裸裸地展现在人们面前。在余华看来，虽然作曲家马勒和柴可夫斯基生活在同一个时代，但柴可夫斯基可以称得上是马勒的前辈，而且柴可夫斯基的作品更能体现19世纪末的潮流。1994年，在与《爱乐》杂志记者的谈话中，余华曾说："柴可夫斯基在这方面，就是他在表达内心时不仅有力，而且纯洁，我所说的纯洁是他的作品中几乎没有任何来自内心之外的东西，正是这种纯洁，才使他的力量如此令人感动。"①

---

① 余华．重读柴科夫斯基//音乐影响了我的写作．北京：作家出版社，2012：96-97．柴科夫斯基，现一般写作柴可夫斯基。

彼得·伊里奇·柴可夫斯基

彼得·伊里奇·柴可夫斯基（1840年5月7日—1893年11月6日），19世纪俄罗斯著名作曲家、音乐教育家。22岁进入圣彼得堡音乐学院学习音乐，25岁以优异成绩毕业，毕业作品《欢乐颂》曾获得银牌。毕业后，他一边在莫斯科音乐学院任教，一边创作了大量交响曲、钢琴曲、歌剧。其主要代表作有：交响曲《悲怆交响曲》（《第六交响曲》）、《e小调第五交响曲》、《曼弗雷德交响曲》，芭蕾舞剧《天鹅湖》《胡桃夹子》《睡美人》，歌剧《黑桃皇后》《叶甫盖尼·奥涅金》《约兰达》，等等。

除了柴可夫斯基的作品之外，奥地利布鲁克纳的《E大调第七交响曲》也曾深深地感动过余华。一开始，余华并不了解布鲁克纳这位作曲家，甚至连他的名字都没听过。有一次，余华的朋友朱伟从北新桥唱片店拿了一堆唱片给余华听，其中就有布鲁克纳的《E大调第七交响曲》。余华第一次听到《E大调第七交响曲》时，就被这部交响曲深深地吸引了，尤其是史诗般叙述中巨大的弦乐，充满了力量。在《E大调第七交响曲》中，余华最喜欢的是第二乐章，因为从第二乐章中，他不仅“听到了庄严缓慢的内心的力量”，还“听到了一个时代倒下去的声音”[①]。

安东·布鲁克纳

安东·布鲁克纳（1824年9月4日—1896年10月11日），奥地利著名浪漫主义派作曲家、管风琴家。13岁至16岁曾在圣弗洛里安修道院唱诗班担任歌手，25岁时创作了第一首乐曲《d小调安魂曲》。1856年被任命为林茨大教堂管风琴师，之后跟随西蒙·赛赫特学习和声与对位。1868年在维也纳音乐学院任教，主要教授对位与和声。《E大调第七交响曲》创作于1881年至1883年，也被称作“英雄交响曲”，是布鲁克纳的成名作。该曲共有4个乐章：第一乐章为节制的快板，全曲安详、柔和，又带有淡淡的忧愁感；最著名的是第二乐章，布鲁克纳在创作该乐章时刚好得知德国作曲家瓦格纳去世的消息，所以这一乐章是布鲁克纳为纪念瓦格纳而创作的；第三乐章明快、诙谐，主要由小号、单簧管和小提琴演奏；第四乐章为快板演奏。

① 余华．音乐影响了我的写作 // 音乐影响了我的写作．北京：作家出版社，2012：7.

当然，余华对作曲家、音乐家的喜爱是在不断变化的。刚听音乐的时候，余华非常喜欢柴可夫斯基这样情感充沛的音乐家的作品；后来，他更喜欢巴赫这样非常克制的音乐家的作品。

音乐与文学本就是相通的。深厚的文学功底不仅使得余华比常人更容易进入音乐领域，也使得他对音乐有着独到的见解。1998年至1999年，余华还写过《音乐的叙述》《字与音》《高潮》《肖斯塔科维奇和霍桑》等多篇音乐评论文章，收录在2008年出版的《音乐影响了我的写作》和2009年出版的《间奏：余华的音乐笔记》随笔集中。例如，在《肖斯塔科维奇和霍桑》一文中，余华巧妙地将俄罗斯作曲家肖斯塔科维奇与美国作家纳撒尼尔·霍桑联系在一起。肖斯塔科维奇和纳撒尼尔·霍桑两人虽然身处两个不同的时代，有着不一样的童年经历，但他们一样执着、一样固执。正是这些神秘的相似性，使得两人的作品《第七交响曲》与《红字》在叙述方式上较为类似，分别在乐曲和文字的叙述中建立了高潮之上的高潮。《字与音》一文，则结合李斯特、门德尔松、莫扎特等人对字与音的叙述，探讨了诗与音乐之间的关系。在余华看来，诗与音乐，它们“虽然像汉斯力克所说的好比一个立宪政体‘永远有两个对等势力在竞争着’；然而它们也像西塞罗赞美中的猎人和拳斗士，有着完全不同的然而却是十分相似的强大”[①]。在《音乐的叙述》一文中，余华不但对勃拉姆斯创作的历史背景与音乐叙述风格、作曲技巧进行了详细的叙述，而且将勃拉姆斯与李斯特、瓦格纳、勋伯格等其他作曲家进行了比较。余华在文中指出，与同时期叛逆、激进的瓦格纳相比，勃拉姆斯实在不像是一位艺术家，他非常克制，小心翼翼，并且懂得适可而止，其作品也和他本人的性格一样，有着独特的严肃气质。

值得一提的是，余华不仅自己热衷于古典音乐，他在儿子出生半年之后，还想让儿子“子承父业”，和他一样爱上古典音乐。他精心挑选了巴赫的《平均律》、巴尔托克的《小宇宙》、德彪西的《儿童乐园》等三部古典音乐作品进行音乐启蒙，希望儿子也能和自己一样感受到古典音乐所带来的愉悦。在所有的古典音乐中，余华之所以选择这三部作品，主要基于以下三个原因：一是这些作品都是钢琴曲，音乐的叙述较为纯粹，既不会像弦乐那样情感明显、突出，也不会像交响乐那样跌宕起伏，比较适合孩子聆听；二是这些作品风格相对来说较为欢快、轻松，不似巴赫的《马太交响曲》听起来那般悲伤；三是这三部古典音乐作品可以让人感受到真正的平静，余华希望这些曲子可以改变儿子焦躁的性格。

---

① 余华．字与音//音乐影响了我的写作．北京：作家出版社，2012：86.

他原以为，听了一年的古典音乐，儿子会和他一样爱上古典音乐；没想到的是，儿子在听到“小燕子，穿花衣”之后就果断抛弃了古典音乐。有一天下午，家里的老人拿来一盘儿歌录音带，里面正好有《小燕子》这首耳熟能详的儿歌。余华的儿子听到这首歌以后非常激动，不停地跟着歌曲扭动，直到没了力气，在床上睡着之后才停止。从此以后，每当余华放巴赫的《平均律》给儿子听，他那一岁多的儿子就会挥着拳头表示抗议，嘴里还不停地叫着：“小燕子，小燕子……”无奈之下，余华只好将巴赫的古典音乐换成《小燕子》。在《流行音乐》一文中，余华曾提及此事，并用幽默的笔触写道：“流行音乐通过我的儿子，向我证明了它们存在的力量。现在回想起来，当我儿子最初摇摆着身体听巴赫时，他已经把《平均律》当成流行音乐了。他是用听摇滚的姿态，来听我们伟大的巴赫。”[①]

① 余华．流行音乐//没有一条道路是重复的．北京：作家出版社，2014：5.

“音乐影响了我的写作”

余华对音乐的喜爱不仅是因为他被音乐本身的魅力吸引，更源于其对文学的理解、音乐与文学在叙述上的相通性。他在随笔集《高潮》的前言中详细、全面地叙述了音乐与文学之间的联系：

音乐的叙述和文学的叙述有时候是如此的相似，它们都暗示了时间的衰老和时间的新生，暗示了空间的瞬息万变；它们都经历了段落的开始，情感的跌宕起伏，高潮的推出和结束时的回响。音乐中的强弱和渐强渐弱，如同文学中的浓淡之分；音乐中的和声，就像文学中的多层次的对话和描写；音乐中的华彩乐段，就像文学中富丽堂皇的排比句。一句话，它们的叙述之所以合理的存在，是因为它们在流动，就像道路的存在是为了行走。不同的是，文学的道路仿佛是在地上延续，而音乐的道路更像是在空中伸展。[①]

---

① 余华．高潮．北京：华艺出版社，2000：前言 2.

在余华看来，音乐和文学看似不同，却有着内在的联系，它们都是叙述性的作品，不但都是通过叙述来呈现与表达作者自己的思想与情感，而且在表达的方式上也存在着相似性。而且，音乐与文学一样，都具有流动的品质。正是音乐与文学在叙述上的相通性，使得余华非常关注音乐的叙述，并且爱上音乐。反过来，音乐也在不知不觉中影响了他的文学创作。

重复的叙事结构是余华小说的一大特点，而这种叙事结构的设计正是源于音乐的启发。在前面讲《许三观卖血记》的时候曾提到，小说中重复的叙事方式正是受到了巴赫《马太受难曲》的启发。其实，不只是《许三观卖血记》，小说《空中爆炸》也曾运用重复的叙事方式。在《空中爆炸》中，唐早晨因为和一个有夫之妇在一起，结果被女方丈夫知道了，跑到唐早晨家楼下找他算账。为了能够回家，唐早晨一共找了五位好友陪他一起回去。虽然每一次找人的具体细节和经过不一样，但都是在找朋友帮忙。例如，唐早晨第一个找的朋友是主人公“我”。“我”因为比较畏惧妻子，所以直到妻子同意才去。找第二位朋友李树海帮忙的时候，李树海的妻子把唐早晨训诫了一通，而李树海一声不吭地坐在那里听妻子训诫自己的朋友。通过唐早晨找朋友帮忙这一事件的重复，增强了讽刺的效果，向读者展现了新时期中国家庭和婚姻面临的矛盾与苦恼。值得一提的是，《空中爆炸》不仅对故事进行重复，从对话中也能发现重复的叙事结构。例如，唐早晨和其他朋友一起找另一位朋友陈力达，向陈力达和他妻子说明原因时，开展了以下对话：

唐早晨说："你们别这么喊来喊去的，让那么多人听到，没看到他们都在笑吗？把我搞得臭名昭著。"

陈力达的妻子问："唐早晨在说什么？"

我说："他让我们别再这么喊来喊去了，要不他就会臭名昭著了。"

"他早就臭名昭著了。"陈力达的妻子在上面喊道。

"是啊。"我们同意她的话，我们对唐早晨说，"其实你早就臭名昭著了。"①

"他早就臭名昭著了"这种话语的重复，不仅强化了讽刺和喜剧的效果，也加深了人们对于人性与婚姻的思考，丰富了作品的内涵。

再如《我没有自己的名字》中来发爹对"来发"的呼唤：

来发，把茶壶给我端过来……来发，你今年五岁啦……来

① 余华．空中爆炸//黄昏里的男孩．北京：作家出版社，2008：10.

发，这是我给你的书包……来发，来，发，来，来，发……[①]

词语重复其实是一种叙事手法，来发爹的呼唤实际是对时间的呈现，好像几十年的时间就在来发爹的声声呼唤中流逝，同时也交代了故事情节的发展。这些重复犹如曲调的重复，通过几个音符的反复跳动，体现出了其曲调的个性。

除了重复的叙事结构之外，小说中高潮的处理也受到了音乐的影响。在音乐高潮的处理上，肖斯塔科维奇给余华带来了很多启发。余华非常欣赏肖斯塔科维奇，尤其是后者对高潮结尾的处理。余华第一次听到肖斯塔科维奇的《第七交响曲》第一乐章时，便被它的结尾震撼到了。肖斯塔科维奇在呈现了一段令人窒息的高潮之后，却以一小段抒情的弦乐作为这段气势磅礴的音乐插部的结尾。这段抒情小调看似轻飘飘，却是余华听过的最有力量的叙述。它仿佛是暴风雨后的一缕阳光，瞬间消解了灾难。肖斯塔科维奇的叙述让一个段落在恐怖的音响上生长起来，让人们看到"轻"比"重"更有力量。余华曾在《音乐影响了我的写作》一文中写道："最后的时刻我被震撼了，肖斯塔科维奇让一个尖锐的抒情小调结束了这个巨大可怕的插部。那一小段抒情的弦乐轻轻地飘向了空旷之中，这是我

① 余华．我没有自己的名字//我没有自己的名字．北京：人民文学出版社，2017：65.

听到过的最有力量的叙述。”后来，余华逐渐发现，在柴可夫斯基、勃拉姆斯等人的交响乐作品中也存在着用小段的抒情来覆盖高潮的情况。肖斯塔科维奇的《第七交响曲》等作品使余华看到了什么叫作高潮之上的高潮，感受到了有的时候“轻”比“重”更加有力，明白了“其实文学的叙述也同样如此，在跌宕恢弘的篇章后面，短暂和安详的叙述将会出现更加有力的震撼”①。

受肖斯塔科维奇的影响，余华在《许三观卖血记》的结尾也采用了这种举重若轻的方式，以轻松诙谑的文字结束了高潮：

许三观面前的桌子上放着三盘炒猪肝，一瓶黄酒，还有两个二两的黄酒，他开始笑了，他吃着炒猪肝，喝着黄酒，他对许玉兰说：

“我这辈子就是今天吃得最好。”

许三观笑着吃着，又想起医院里那个年轻的血头说的话来了，他就把那些话对许玉兰说了，许玉兰听后骂了起来：

“他的血才是猪血，他的血连油漆匠都不会要，他的血只有阴沟、只有下水道才会要。他算什么东西？我认识他，就是那个沈傻子的儿子，他爹是个傻子，连一元钱和五元钱都分

① 余华．音乐影响了我的写作．北京：作家出版社，2012：9.

不清楚，他妈我也认识，他妈是个破鞋，都不知道他是谁的野种。他的年纪比三乐都小，他还敢这么说你，我们生三乐的时候，这世上还没他呢，他现在倒是神气了……"

许三观对许玉兰说："这就叫屌毛出得比眉毛晚，长得倒比眉毛长。"①

在12次的卖血高潮结束之后，余华以许玉兰对年轻血头的咒骂以及许三观对许玉兰所说的一句民间俗语结束了整部小说。通过这样诙谐幽默的结尾，消除了之前高潮的紧张感与沉重感，使积蓄的情感能量得到释放，让人们感受到了"轻"的力量。

小说《活着》也使用过以"轻"的叙述超越高潮结束全篇的方法。《活着》的结尾，在凤霞、家珍、二喜相继去世之后，主人公福贵一边干农活，一边照顾外孙苦根，等到苦根长大，便带他一起割稻、摘棉花、牵着牛去水边吃草、坐在田埂边玩耍，回归田园生活。这样的日子虽然辛苦，但主人公福贵却十分高兴，因为人生充满了希望。这样的结尾与描述宁静而又美好，就像《第七交响曲》中抒情的弦乐，以这样"轻"的方式结束小说，瓦解死亡所带来的沉重感，让人感到如释重

① 余华．许三观卖血记．北京：作家出版社，2012：254.

负，达到高潮之上的高潮。

不只是重复的叙事结构和高潮的处理，音乐还启发了余华在文学作品中如何表现矛盾。德国作曲家瓦格纳，其作品最大的特色，就是将嘈杂、疯狂、混乱的不同事物组合和交融在一起，形成一种独一无二的和谐。天才画家凡·高也曾为瓦格纳的音乐所震撼，瓦格纳的音乐让他重新认识到，原来不同的事物组合、强化之后，会有一种异样的美。在创作《兄弟》时，余华的脑中也不断闪现出凡·高的绘画与瓦格纳的音乐。在余华的眼中，瓦格纳的音乐就像是荷兰的阿姆斯特丹，这个地方不像其他城市那样美、那样规范，看起来又脏又乱，却能让人感受到它的生机勃勃，以及它那不规则却又和谐的美。受音乐的启发，余华将荒诞与悲情、人性的善与恶、优美与暴力等不同混乱与矛盾的事物全部融入小说《兄弟》中。例如，小说里对李光头偷窥事件的描述：一方面，这件事本身充满了喜剧的色彩；另一方面，旁人的冷漠与义正词严使读者看到和感受到人们内心的贫瘠与精神的扭曲，使得荒诞与悲情交织在一起。再如，小说不仅通过对宋钢与李光头之间的兄弟之爱的描写，以及对宋凡平与李兰、孩子之间的感情等的描写，展现了人性的善与伟大，也在宋凡平受人虐待，被人用刀砍、用砖头砸等场景的描述中展现了人性的恶。善与恶、喜剧与悲剧、欲望与尊严等，所有的矛盾体都融入一部小说里，看似粗俗、混乱，却格外地舒服与和谐，有一番别样的美。

此外，余华还将音乐本身作为独特的意象引入小说的创作当中，使之成为展现人物命运的重要道具。例如《一九八六年》，该小说主要描述了小镇上的一个中学历史老师突然发疯、失踪，留下妻子和女儿在家的故事。多年之后，虽然这名中学历史老师再次回到小镇上，但是谁都不认识他，连他的妻子和女儿也不认识他，他回到小镇上继续着他的悲惨命运，与他形成反差的是小镇居民。如：

每一个棚顶都挂着大喇叭，为了竞争每个喇叭都在声嘶力竭地叫唤着。跻身于其间的他们，正被巨大的又杂乱无章的音乐剧烈地敲打。尽管头晕眼花，尽管累得气喘吁吁，可他们仍兴致勃勃地互相挤压着，仍兴致勃勃地大喊大叫。[1]

作品中通过音乐的烘托显得小镇居民们的生活欢愉却乏味、喧闹而无序，流行歌曲的嘈杂则突出了人们快乐生活背后的空虚与沉默。同处于一个音乐背景之下的中学历史老师和小镇居民，中学历史老师的悲惨命运更令人震惊，音乐意象在这里营造出一种极为荒诞的氛围。

---

① 余华．一九八六年//河边的错误．长春：时代文艺出版社，2020：192.

【我来品说】

1. 从上文的分析中，你能否总结出余华对音乐有着怎样的情感？他是如何看待音乐的？音乐是怎样影响了余华的创作？

2. 你喜欢音乐吗？你认为音乐与文学之间有着怎样的联系？你能否也和余华一样，写一些你和音乐之间的故事？

图书在版编目（CIP）数据

生之韧性：今天如何读余华／万书言著．—北京：
中国人民大学出版社，2023.10
（今天如何读经典／刘勇，李春雨主编）
ISBN 978-7-300-32016-8

Ⅰ．①生… Ⅱ．①万… Ⅲ．①余华－小说研究 Ⅳ．
①I207.42

中国国家版本馆CIP数据核字（2023）第152517号

今天如何读经典
刘　勇　李春雨　主编
生之韧性：今天如何读余华
万书言　著
Sheng zhi Renxing: Jintian Ruhe Du Yu Hua

出版发行	中国人民大学出版社		
社　　址	北京中关村大街31号	**邮政编码**	100080
电　　话	010－62511242（总编室）		010－62511770（质管部）
	010－82501766（邮购部）		010－62514148（门市部）
	010－62515195（发行公司）		010－62515275（盗版举报）
网　　址	http：//www.crup.com.cn		
经　　销	新华书店		
印　　刷	北京昌联印刷有限公司		
开　　本	890mm×1240mm　1/32	**版　　次**	2023年10月第1版
印　　张	6.25插页1	**印　　次**	2023年10月第1次印刷
字　　数	107 000	**定　　价**	36.00元